# JUSTE À CÔTÉ DE MOI

**De la même autrice, aux éditions Charleston**

*Le Roman de Molly N.*, 2020

*Trois filles et leurs mères : Marguerite Duras, Simone de Beauvoir, Colette*, 2018


10, place des Cinq-Martyrs-du-Lycée-Buffon
75015 Paris – France
www.editionscharleston.fr

ISBN : 978-2-36812-721-6
Maquette : Patrick Leleux PAO

**Charleston s'engage pour une fabrication écoresponsable !** Amoureux des livres, nous sommes soucieux de l'impact de notre passion et choisissons nos imprimeurs avec la plus grande attention pour que nos ouvrages soient imprimés sur du papier issu de forêts gérées durablement.

Pour suivre notre actualité, rejoignez-nous sur Facebook (Éditions.Charleston), sur Twitter (@LillyCharleston) et sur Instagram (@LillyCharleston) !

Sophie Carquain

# JUSTE À CÔTÉ DE MOI

*Roman*

CHARLESTON

*« Passer un pont, traverser un fleuve, franchir une frontière, c'est quitter l'espace intime et familier où l'on est à sa place pour pénétrer dans un horizon différent, un espace étranger, inconnu, où l'on risque, confronté à ce qui est autre, de se découvrir sans lieu propre, sans identité.*

*Polarité donc de l'espace humain fait d'un dedans et d'un dehors.*

*Ce dedans rassurant, clôturé, stable, ce dehors inquiétant, ouvert, mobile, les Grecs anciens les ont exprimés sous la forme d'un couple de divinités unies et opposées : Hestia et Hermès.*

*Autant Hestia est sédentaire (…) autant Hermès est nomade, vagabond, (…) se riant des frontières, des clôtures, des portes (…) Et chaque individu humain doit assumer sa part d'Hestia et sa part d'Hermès.*

*Entre les rives du même et de l'autre, l'Homme est un pont. »*

*Jean-Pierre Vernant,*
*La Traversée des frontières, éditions du Seuil*

# PROLOGUE

J'ai rencontré Susie le 12 mai 2020. Paris était une ville morte, inodore et glacée, et je rêvais d'une fresque ensoleillée dans mon appartement. Une amie m'a parlé d'une jeune peintre en décors, très douée, qui était, par ailleurs, une *survivante.*

Pendant trois semaines, Susie s'est installée chez moi. Pendant trois semaines, comme si un fil ténu nous reliait l'une à l'autre, du salon à mon bureau, j'ai senti sa présence. Elle peignait, j'écrivais. Ou plutôt, je tentais d'écrire, « empêchée » par cette présence pourtant discrète, qui venait s'ajouter à celle de mon fils, reclus devant ses jeux vidéo. Le quatrième jour, je lui ai proposé de partager mon repas et elle a commencé à se confier.

La fresque achevée, avant de repartir vers un autre chantier, elle a soupiré : « Je ne sais pas pourquoi je vous ai dit tout ça. » Moi, je le savais. Les histoires ne m'arrivent jamais par hasard. Je devais l'écrire.

# I

## Fantôme au clair-obscur

*« La fresque, par nature limitée, offre un espace infini. Voyez le fameux "bleu" de Miro, agité de remous et courants sous-marins. C'est dans cette respiration que la peinture s'ouvre à l'Autre. »*

La Bible des Fresques, Introduction

# CHAPITRE 1

## Énigmatique

Ce jour-là, il tombait une sorte de neige fondue, qui s'infiltrait jusque dans son cou. Transie, Susie écrasa son mégot du bout du talon, souffla sur ses mitaines et s'engouffra sous la porte cochère. Elle grimpa la volée de marches, leva les yeux et vérifia le numéro de l'immeuble.

« C'est ici… »

D'une voix pressée, c'est bien ce qu'il lui avait dit au téléphone : « Un immeuble typique du XVII^e^. » Il avait ajouté « Deux portes, deux codes, mais un seul à retenir : 0033A. À l'interphone, vous sonnerez à XXY. »

Et il avait raccroché.

Le bossage rustique, la porte cochère sertie de gros clous vernis… Tout en imposait au visiteur. À l'intérieur, supposa-t-elle, on n'était certainement pas loin des trois mètres cinquante de hauteur. Quatre murs représenteraient un travail colossal. C'était exactement ce qu'il lui fallait.

Susie s'ébroua, pianota sur le cadran doré : la porte cochère s'entrebâilla, elle se retrouva face à une grille hérissée de pointes dont les battants s'écartèrent dans un grincement, comme tirés par deux majordomes invisibles.

Elle pensa fugacement à Clarice Starling pénétrant dans la geôle d'Hannibal Lecter. Elle ne s'était pas endimanchée comme la jeune agente du FBI. Elle avait juste pris soin d'être « identifiable » dès le premier rendez-vous, et de sacrifier à la petite touche d'insolence que l'on attend chez l'artiste : salopette en denim aux larges revers, santiags fraise écrasée, mitaines de dentelles noires, et manteau d'homme en laine.

Il n'y avait guère que le tatouage à la cheville – une Marianne en pleurs – qu'elle dissimulait pour une première rencontre. L'été, c'était plus compliqué.

En croisant son reflet dans le miroir, elle fourra son bonnet dans sa sacoche, ébouriffa sa longue chevelure brune, puis vérifia le trait de crayon sous ses yeux noirs et le tracé du rouge à lèvres. Parfait.

Ses talons claquèrent sur le marbre. Elle avançait vite, elle avait froid.

Dans la guérite de la gardienne, sur la gauche, un voilage poussiéreux frémit. Elle hésita à se présenter, mais pour dire quoi ? « J'ai rendez-vous au cinquième étage pour peindre une fresque chez… »

Monsieur XXY ? Que penser de ce client mystérieux ? « Ça sent le magot à plein nez », avait chuchoté Milad. Susie avait ri : « Magot ? Mais plus personne ne dit ça. Et comment toi, Iranien pure souche, tu peux connaître ce mot ? »

« Susie Pritt. »

Silence. Elle articula dans un sourire :

« La peintre en décor. »

Les paroles de Granny lui revenaient en mémoire : « Le sourire s'entend au téléphone, que tu sois à Paris ou à Tokyo. Ta sale humeur de caboche aussi. Alors souris, ma petite-fille. »

« Nous avons rendez-vous à 9 heures. »

Un clic.

Elle entra, contourna l'ascenseur, ce cercueil métallique vertical, avant d'entamer l'ascension de l'escalier. Cinq étages : sa hanche la tiraillerait jusqu'à la brûlure, elle le savait.

Elle souffla quelques secondes à l'entresol, admira un vitrail en ogive – une Vierge en majesté, l'air triste et les paumes larges à la manière d'un Fernand Léger. L'ambiance était étrange, à la fois glaçante et tamisée.

Soudain, une porte s'ouvrit. Une femme âgée, en chaussettes, l'interpella :

« Ah, enfin ! J'appelle le room service depuis ce matin ! Pour moi, ma petite, ça sera un grand café noir sans sucre, et pour maman, comme d'habitude… Des œufs cocotte. Et un lapsang… »

Susie faillit riposter, mais elle repéra la lueur vacillante dans le regard.

« Madame Robert, intervint une voix masculine, il faut rentrer chez vous, maintenant. Mademoiselle Pritt, suivez-moi. »

Susie leva les yeux : une ombre s'allongeait à l'étage supérieur. Costume gris clair taillé dans une étoffe raffinée – sans doute un mélange de soie et laine de facture italienne. Un mètre quatre-vingt-dix à vue d'œil, la petite cinquantaine, l'œil gris délavé, les cheveux pâles rabattus vers l'arrière, le front soucieux.

Quand Susie parvint à sa hauteur, il inclina très légèrement la tête et observa qu'elle n'avait pas pris l'ascenseur.

« Je ne fais jamais confiance à ce genre d'appareil.

— Et l'avion ?

— Avec un demi-tube de Xanax seulement », rit-elle nerveusement.

*C'est bien la peine de sourire poliment à l'interphone si c'est pour faire étalage de tes phobies deux minutes après.*

En pénétrant dans le vestibule, elle retint son souffle. Il était aussi vaste que le hall d'un palazzo vénitien, au sol carrelé de marbre, et malgré le soin que l'on avait pris à le meubler – quart-de-queue Steinway, sofa de velours grenat, trois bergères recouvertes de délicates soieries asiatiques –, il semblait à moitié vide.

Son hôte se dirigea vers une petite table sur laquelle étaient disposés un service à thé en porcelaine blanc et or, et une boîte à thé Fortnum & Mason.

« Sucre ?

— Un. »

Il lâcha un morceau dans la tasse avec la pince en argent, et lui tendit la soucoupe :

« Quel temps épouvantable, cette pluie glacée… Merci de vous être déplacée. Mais venons-en au fait. Vous êtes donc peintre…

— Peintre en décor.

— … Et vous savez pourquoi vous êtes là ?

— Pour un 360. »

Il haussa un sourcil.

« Jargon de pro, pardon ! Un 360, c'est un panorama, deux murs principaux et deux murs latéraux… Vous connaissez Yadegar Asisi ? C'est un artiste spécialiste du genre. Je veux dire des panoramas. À Berlin, il a reconstitué le Mur, en trompe-l'œil, dans un musée. C'est une expérience immersive incroyable, surtout avec la bande-son. On est… en apnée. »

Elle tourna sa cuillère en argent dans la tasse. Quand elle était impressionnée, elle parlait toujours trop.

« C'est lui, qui parle de 360 », conclut-elle.

L'homme l'observait en plissant les yeux.

« Votre nom… Pritt… C'est un pseudonyme ?

— Ma grand-mère paternelle est de York. »

Un silence.

Susie déglutit, en songeant à la mise en garde de sa mère : « Choisis tes clients, ma chérie. À force de pénétrer chez des inconnus tu finiras ligotée au radiateur ! »

Elle observa les souliers de son hôte, en cuir souple, sur lesquels luisait un reflet argenté, comme une lune froide. Il devait les placer dans l'entrée et les récupérer le lendemain après le coup de lustre de la femme de ménage.

Il la fixait de ses yeux gris.

« À partir de la signature du contrat, combien de temps vous faut-il pour livrer l'œuvre ?

— Entre le lessivage des murs, la mise au carreau, le dessin, la couleur, la seconde couche, le glacis… Tout dépend bien entendu du nombre de sujets, des détails… Je dirais… douze semaines. En comptant les travaux sur lesquels je suis déjà engagée.

— Vous n'êtes pas totalement libre… commenta le maître des lieux d'une voix blanche.

— Oh si, libre comme l'air ! Tous les chantiers se situent à côté de mon domicile, je choisis mes clients, fit-elle. Ainsi, je… »

Il l'interrompit :

« Vous aurez quinze semaines. Vous m'enverrez vos honoraires, votre numéro SIRET, et je vous ferai verser la moitié. Vous aurez un double des clés, ajouta-t-il. À quelle heure commencerez-vous le matin ? 8 heures ?

— 10 heures, rétorqua-t-elle.

— Soit. Mais en aucun cas vous ne devez rester après 14 heures. »

Susie se tortilla pour s'extraire du canapé profond, parvint enfin à déposer sa tasse en porcelaine sur la table basse, dans un petit heurt sec. Elle essayait de retenir le planning qui lui était proposé.

« Le matin, vous croiserez Mme Abiba, la femme de ménage, de 8 h 30 à 10 h 30. Sun Hi, notre cuisinière démarre, elle, à 9 h 30. Le samedi, entre 11 heures et 13 heures, un jardinier vient entretenir la terrasse. Votre repas sera à disposition sur la table de la cuisine. »

Il leva les yeux.

« Vous êtes végétarienne ? Intolérante au gluten ? Des allergies ?

— Non, enfin… Je mange très peu de viande, mais j'apporte mon repas. »

Il haussa les sourcils.

« Sun Hi était cheffe dans un restaurant français de Séoul quand je l'ai embauchée. Vous auriez tort de ne pas en profiter. C'est une crack en gastronomie française également. »

Il disait « crack » comme Granny.

« Vous devez être partie à 14 heures au plus tard. C'est entendu ?

— C'est compris. »

Elle égrena un rire mat, et croisa le regard glacé de M. Wagner.

« Ai-je prononcé quelque chose d'irrésistible ?

— Habituellement on commence par parler du sujet de la fresque et…

— Suivez-moi. »

Elle grimaça en se relevant.

« Vous êtes souffrante ?

— La hanche. Un accident, il y a un an et demi. »

Elle a si bien appris à mentir.

Elle le suivit dans un labyrinthe, orné de-ci de-là d'un paravent chinois en laque rouge, d'une bibliothèque en acajou. Sur un des murs, des photos étaient disposées selon une diagonale impeccable. La famille parfaite. Le fils, Niels apprit-elle, avait des yeux de chat et une frange trop courte puis, à l'adolescence, un air tragique et une mèche trop longue. Sa jeune sœur, Axelle, était aussi pâle et blonde que le père. La mère, Irène, avait des lèvres fines et des yeux clairs.

En trottinant de plus en plus vite pour rattraper le maître de maison, elle observa que le sol carrelé noir et blanc avait laissé place à une sorte de mosaïque éclaboussée qui lui évoquait un Seurat.

M. Wagner ouvrait les portes les unes après les autres en déclamant : « Cuisine, W.-C., second W.-C., bibliothèque, chambre d'amis, salon de musique, bureau, buanderie, petit salon… Bureau d'Irène, ma femme. » Elle avait l'impression de cheminer sur le plateau d'un Cluedo géant, comme quand elle jouait l'été, avec Esther et Caroline, dans la bastide de Granny.

Son hôte fit halte devant une double porte vitrée.

« C'est ici. »

Susie avança dans une vaste pièce, d'une trentaine de mètres carrés, qui ne contenait en tout et pour tout qu'un canapé en cuir noir – sans doute vidée pour l'occasion.

Il se déplaça au centre comme pour un stand-up, et frotta son menton d'un air inspiré.

« Ce que nous souhaitons, Irène et moi, c'est… la Nature en majesté. Comme si en pénétrant dans ce petit salon, on poussait la porte du dehors… Je veux sentir la caresse du soleil. »

Il ajouta après une légère hésitation :

« Ce sera la chambre de notre fils. À… son retour. »

Elle perçut un malaise, mais fit bonne figure :

« Quand rentrera-t-il ? »

Il la fixa sans ciller :

« Il a disparu.

— Disparu ? »

Il branla du chef, sans un mot, avec une moue indéchiffrable.

La pluie redoublait au-dehors, ses paumes étaient moites et glacées. Tout lui était maintenant hostile, le canapé, le piano, les murs. Elle sentit la panique mordre un de ses muscles, sous l'omoplate gauche.

*Respire.*

Elle ouvrit la bouche pour reprendre son souffle, il leva la main droite, comme pour faire barrage à une salve de questions.

« J'avais pensé, bien entendu, vous dire qu'il était parti étudier à New York ou Cambridge. Mais vous n'auriez pas pris la mesure des choses… »

Susie observa le jeu des mains, les ongles nacrés, la chevalière qu'il faisait tourner entre ses doigts.

Les questions s'entrechoquaient comme des boules de billard. Avez-vous appelé la police ? Vous l'avez localisé ? Aime-t-il la peinture ? Êtes-vous certain que ça lui plaira ? Pourquoi moi ?

« Quand il a disparu, il y a un an, il avait dix-sept ans et demi. Un garçon fin, discret, cultivé, que l'on pourrait dire d'un autre temps, mais – il eut un rictus – ne me proposez pas un Fra Angelico ou une fresque vénitienne. »

Susie opina tout en songeant qu'elle aurait aimé se lever, là, sur-le-champ, mais qu'il lui fallait aller jusqu'au bout de ce dialogue surréaliste.

« Nous avions pensé au jardin du Luxembourg. Le palais Médicis, l'allée centrale avec la perspective. Et, de l'autre côté, le bassin aux voiliers…

— Quel est son prénom ?

— Niels. Je vous l'ai dit, tout à l'heure.

— Bien sûr, pardonnez-moi. Oui, la photo. »

Susie frottait les paumes de ses mains sur ses cuisses. Il la fixa à nouveau.

« J'aimerais, nous aimerions, sa mère et moi, que vous dessiniez son visage sur le mur. »

*Il est sans doute mort, oui, c'est certain, il est mort.*

« Je ne suis pas certaine que ça soit une bonne idée… Les adolescents détestent les arrêts sur image, vous voyez, il va grandir et… À moins que… une silhouette, de dos ? Comme un enfant archétypal ?

— Possible, trancha-t-il. Laissez-moi jusqu'à demain pour y réfléchir. »

Elle sourit, parvint à extraire de son cerveau les quelques arguments qui faisaient toujours mouche. En ce moment, tout le monde rêvait d'exotisme. Que dirait-il d'une forêt amazonienne, traversée de lianes ? En termes d'oxygène, on serait servi.

Il eut une moue condescendante :

— Avec des orangs-outangs qui se dandinent sous notre nez ? Non merci.

— Je pensais plutôt au Douanier Rousseau. »

De son sac, elle sortit son livre, recouvert d'une jaquette jaunie et cornée, *La Bible des Fresques.*

« Mon livre de chevet, commenta-t-elle. Regardez... *La Charmeuse de serpents,* avec ses tons apaisants... Un Gauguin, et ses vahinés ? Ou Matisse... Oui, *Polynésie,* ça serait magnifique, cet océan de bleu sur votre mur ! »

Il se raidit.

« Votre spécialité... C'est bien le trompe-l'œil ? »

Susie comprit en une seconde. Il l'avait vue à la télévision, sur France 24. Elle y apparaissait, à genoux sur le carrelage, peignant des veines de faux marbre puis, juchée sur une échelle, en train de s'activer à la réalisation d'un superbe faux ciel.

C'était celle qu'ils voulaient tous. Celle de la télé.

« Oui, je... »

Il avait déjà le nez sur son portable. Elle était en train de le perdre.

« Je crois avoir identifié votre désir. Si je vous dis Californie, Santa Monica ? »

Il leva les yeux, subitement intéressé :

« Avec la mer, les vagues, le sable ? »

Elle improvisa :

« Une scène de rue. Un jeune homme sirotant une canette de Coca-Cola. Et, de l'autre côté, la mer pour tout horizon.

— Banco. »

Il défroissa le pli de son pantalon, puis reprit.

« Avez-vous besoin de quelque chose de particulier pour démarrer ? En dehors des arrhes, précisa-t-il d'un sourire entendu.

— Une plateforme mobile me permettrait de me déplacer facilement en hauteur, à droite, à gauche...

— Commandez-la donc, et faites une note de frais. »

Il est heureux quand il paie, pensa Susie.

Elle n'osa solliciter l'aide de la femme de ménage pour bâcher le sol et lessiver les murs, tant pis, elle facturerait un maximum.

En se dirigeant vers la porte, elle entendit le bruit léger du SMS. Milad. « Bonjour princesse, hâte de savoir si tu as réussi à caser un Matisse. »

Elle glissa l'appareil dans sa poche. Son commanditaire apprécierait-il leur pari potache scellé après une double tequila : le premier qui décroche une reproduction de Matisse a gagné ?

« D'autres questions ?

— Non. Si : cette femme, dans l'escalier ? Madame…

— Ah ! Mme Robert, Alzheimer, stade 2. Je suis désolé de vous infliger cela. Elle se croit dans un grand hôtel. Ses parents sont décédés lors d'un incendie à Rome, quand elle avait huit ans. Il semble que, depuis sa maladie, elle soit retournée là-bas.

— J'ai toujours aimé les vieilles dames excentriques. Ma grand-mère, d'ailleurs… »

Il hocha la tête, comme pour décapiter la phrase d'un coup.

« Elle n'est pas dangereuse. Quant aux autres propriétaires, ils vivent tous ailleurs. Vous serez totalement seule. »

La porte se referma sur ses questions, et, en croisant à nouveau le vitrail dans l'escalier, elle se fit la réflexion que la Vierge aux larges mains avait l'air bien plus perplexe que triste.

« Disparu »… Qu'est-ce que cela signifiait ? Elle pensa au cas d'Estelle Mouzin, à tous ces enfants perdus – enfin, soyons clairs, assassinés.

Comment pouvait-il être sûr de voir réapparaître son fils ? Avait-il des indices ? Comment saurait-il pour l'avancée de la fresque ?

Xavier Wagner s'était présenté comme seul habitant des lieux, mais avait évoqué le bureau de sa femme, qu'il comptait consulter pour le projet. Où était-elle ? Et la jeune sœur ?

La tête lui tournait. Elle était partie à jeun et les nausées se réveillaient soudain, comme le rappel d'une affaire à régler. *Devait-elle en parler à Milad ? Pas encore,* répondait une petite voix en elle. *D'abord, tu as uriné sur le dispositif, pas sur la languette, t'en as mis partout ! Et puis, ce test premier prix, tu penses qu'il était fiable ? Va plutôt faire une prise de sang, tu verras après. Bon sang, pourquoi ne peux-tu pas partager tes doutes avec Milad ! Combien de temps te faudra-t-il pour avoir à nouveau des réactions à peu près normales ?*

Arrivée en bas, elle fouilla dans son cabas et décapsula un Vogalib. Le médicament libéra sous sa langue des particules effervescentes amères.

Un jour elle réaliserait un paysage enneigé.

Elle ajusta son bonnet, poussa la lourde porte cochère et retrouva le froid vif de mars, et la gadoue sous ses pieds. La pluie avait cessé.

Il n'avait fait aucune allusion à ça. Il n'avait peut-être pas cherché à l'identifier. Il ne devait pas savoir qu'une balle de kalachnikov avait ouvert sa cuisse sur vingt centimètres avant de se loger dans sa hanche.

Il ne se doutait pas que sa vocation de peintre datait de cet instant ; de ce moment où elle était sortie à moitié morte de la salle ; qu'elle ne cessait depuis, de recomposer avec la délicatesse d'un pinceau le monde qui s'était dissous sous ses yeux. Savoir que, de l'amarante au sang de bœuf il n'y avait pas moins de soixante et un tons de rouge, et que la vie se nichait là – dans les infinies nuances de la lumière.

Ce soir-là avait bel et bien affûté son regard. Même s'il avait fallu pour cela traverser le chaos, et y laisser le corps de sa sœur.

# CHAPITRE 2

## Initiatique

Pour Susie l'univers était partagé en deux : les gens à plis, et les gens à taches. Les premiers consacraient un temps fou à passer le fer sur la cotonnade : défroisser, défriper, lisser davantage. À l'intérieur, ça bouillonnait, ça juponnait, ça convulsait. Mais au-dehors, c'était tiré au cordeau, avec tout de même, quand on observait bien, là, tout derrière, un infime faux pli.

Cette illusion pouvait durer toute une vie. Une vie à repousser, jusque dans ses tripes, ce stigmate qui remontait lentement des profondeurs, venait égratigner la surface comme une fente à la Lucio Fontana. Ces adultes, que l'on avait crus éternellement jeunes et gais, se trouvaient alors, du jour au lendemain, noyés dans une cascade de fronces.

Au contraire, la tache se la coulait douce, à l'horizontale. Elle gambadait, papillonnait, engendrait, tel un souffleur de bulles, d'autres cellules polymorphes ; des familles entières d'amibes vibratiles, qui dansaient de façon anarchique, pour finir par disparaître progressivement, bues par la surface des choses, alors que le pli suivait, lui, son indéfectible tracé.

Avant d'être peintre en décors, Susie avait exercé plusieurs métiers, jusqu'à, dernièrement, s'occuper de l'identité graphique d'une ligne de sacs à main, mais son intérêt pour les accessoires avait volé en éclats un soir de novembre.

Quand vous vous retrouvez éjectée de votre petit nid par le souffle d'une explosion, il vous vient tout naturellement envie de réaménager l'univers.

Dans l'espoir insensé de tenir l'horreur à distance, elle était partie. Par l'intermédiaire d'un site de couchsurfing sur lequel elle avait posté quelques-uns de ses dessins, elle était entrée en contact avec un couple installé à Rio – dans le quartier Leblon, au sud-est d'Ipanema. Une certaine Helena, qui se prétendait journaliste à TV Globo, mais qui y animait en réalité une émission de téléachat, mariée à Dick, géologue natif de New York, avait trouvé ses croquis « *amazing* ».

Rendez-vous avait été pris par Skype, où Helena, longue chevelure dorée retenue par des lunettes de soleil était apparue fougueuse, éclatant d'un rire bruyant sans raison.

Helena et Dick rêvaient d'une fresque sur le mur de leur vaste living-room, qui leur rappellerait l'endroit de leur première rencontre, à Furnace Creek, dans la Vallée de la Mort. « La cuvette de sel… les dégradés de roses et violets… Ce paysage passionnel, fascinant », répétait Helena. Elle avait approché son visage de la caméra, faisant battre ses cils d'un air un peu fou.

« Susie, avez-vous vu *Interstellar*, de Christopher Nolan ? Rappelez-vous… La planète de Miller, avec ses vagues de 1 200 mètres de haut, puis celle du Dr Mann, irrespirable, avec son air ammoniaqué. Et enfin le satellite de Saturne, en forme de toboggan. Un vertige. »

Eh bien, avait conclu Helena, leur souhait le plus cher était de voir réaliser sous leurs yeux la fresque du désert de Furnace Creek, comme la seule planète habitable. Un air chaud, une fine brise, des dégradés de rose et d'orange, comme un soleil qui n'en finirait pas de se coucher.

« Est-ce que vous êtes en mesure, Susie, de nous offrir cela ? »

Bien sûr, avait-elle répondu au bord du fou rire – tant qu'elle était logée et nourrie, pensait-elle. Elle avait ajouté : « Il me faut tout d'abord trouver un billet d'avion à un tarif accessible », n'osant toutefois demander si son hôtesse était prête à financer un trajet. Helena lui avait déniché un aller à 224 dollars – l'information lui était parvenue dans un mail truffé de smileys joufflus et tressautants.

Quand, le 15 février 2016, trois mois après les attentats, Susie annonça son départ pour le Brésil, sa famille marqua sa stupéfaction. Partir en terre inconnue ? N'était-ce pas un suicide déguisé ? Et pourquoi n'avait-elle pas choisi Londres ? Un pays anglophone ? « Parce que dans le désert, on peut pleurer sans crainte de faire déborder un fleuve. » Elle s'était souvenue de ce vers d'un poète africain.

« Ma petite fille, tu me pousses dans la tombe, avait gémi sa grand-mère. Une semaine, pour toi, c'est six mois en "âge vieillard". Tu ne me reverras pas !

— Bien sûr que si, Granny ! Je ne pars que trois mois. Pour un chantier. »

Le terme avait fait sursauter sa grand-mère.

« Tu deviens ouvrière en bâtiment ?

— Je deviens peintre en décors ! »

Susie faisait mine de rayonner, comme un mur porteur tient encore debout, bien qu'il ait commencé à être percuté par une masse.

« Comment peux-tu me faire ça après… après Esther ?

— Je ne fais que suivre ton conseil. » Elle récita : « Suis ton elfe intérieur, tous les démons s'écarteront. »

Granny grimaça.

« Mais tu t'y connais, en peinture ?

— J'ai suivi une formation. Je n'en ai parlé à personne, je n'étais pas sûre de moi. Mais on m'a dit que j'avais du talent.

— Tu as toujours été douée, grommela Granny, faussement boudeuse. À quatre ans, tes camarades gribouillaient des mains à trois doigts et toi, tu dessinais déjà des profils !

— À quatre ans, je voulais être femme de ménage !

— Ma petite saleté ! »

Elle avait attrapé sa grand-mère dans ses bras, et senti les os sous les muscles qui, ces derniers mois, avaient fondu comme la cire au soleil. Sa grand-mère, si extravagante, si solide, son roc, s'était effondrée peu à peu. Susie avait humé l'odeur d'amande amère de son parfum.

« Je pars loin, mais je t'appellerai régulièrement. Et… n'oublie pas M. Paul, hein ?

— Me voilà réduite au rôle de baby-sitter cacochyme pour mainate déplumé, marmonna la grand-mère. Un pauvre volatile endeuillé qui va continuer à proférer “Estheeer, je t’aiiime”... Tu penses vraiment que ça va m’aider à oublier ?

— C’était son mainate... C’est normal qu’il parle encore d’elle. Arrache-lui les plumes s’il recommence.

— Et si l’on envisageait une fresque dans mon salon ? Les tentures en trompe-l’œil de la chapelle Sixtine, ça te prendrait bien six mois... Je te paierais rubis sur l’ongle.

— Granny... Je vais devenir folle si je reste ici. Tu comprends, n’est-ce pas ? »

La vieille femme avait baissé la tête et écarté les bras. Susie était partie, les yeux noyés de larmes.

L’atterrissage avait été rude : il faisait une chaleur accablante à Rio, sa valise s’était perdue et le chauffeur de taxi la racketta purement et simplement. Arrivée à destination, elle n’avait plus un réal en poche.

Helena et Dick habitaient un triplex de 330 mètres carrés avec sauna, jacuzzi, salle de billard. Et pourtant, elle eut la mauvaise surprise de devoir partager une chambre avec une colocataire en charge de petits travaux sur la terrasse.

Dick était le type même de l’Américain : en polo, bermuda, affublé d’un coup de soleil sur le nez et de tongs aux pieds. Helena était petite, nerveuse, volubile, toute en décolleté plongeant et sandales compensées. Mais sous des apparences généreuses, elle se révéla maladivement pingre, refusant de payer les pigments et le matériel nécessaires. Elle parlait en anglais quand elle était de bonne humeur mais employait le brésilien avec rage dès que la conversation déviait sur l’argent, excluant *de facto* Susie de la conversation. Et l’eczéma de contact de Susie recommença à flamber.

Elle avait investi le salon, avec des odeurs de térébenthine, et de white spirit, les écouteurs vissés dans les oreilles, histoire de s'isoler dans une bulle musicale. À cette époque, elle souffrait encore d'attaques de panique incontrôlables. Une force obscure prenait possession d'elle, serrait sa gorge, avant de pincer un à un les muscles qui ceignaient sa colonne vertébrale. Elle regardait, impuissante, ses paumes se couvrir de sueur. Elle suffoquait, ses doigts tremblaient, elle lâchait son pinceau et s'allongeait à même le sol, épouvantée. Elle sentait son corps s'éparpiller, comme une envolée de cendres légères. Aucun refuge n'eût été suffisamment étroit pour qu'elle s'y sente en sécurité.

Au fil des jours, les crises s'espacèrent. Susie s'installait dans sa fresque comme elle aurait pénétré, chaque matin, dans une chambre aux fortifications invisibles.

Elle avait partagé l'espace en deux, imaginant, au premier plan, un sol lunaire et caillouteux, avec des irisations à la feuille d'or, et, en arrière-plan, des montagnes poudrées de mauve. Ce serait magnifique.

Dès la deuxième semaine, Helena et Dick s'étaient disputés, Dick jugeant la fresque invivable, « comme si un feu brûlait en permanence dans le salon », accusant Helena d'avoir changé d'avis sans le consulter.

« Nous nous étions décidés pour l'océan !

— L'eau est un élément instable ! avait glapi Helena.

— Et le feu ? La planète crame et tu en rajoutes ? »

Elle avait claqué la porte, perchée sur ses talons, non sans avoir auparavant renversé le miroir du salon d'une main rageuse.

Susie, en pleurant, avait entrepris de ramasser les morceaux de la psyché. Elle s'était entaillé l'index et avait observé les gouttes écarlates couler de sa phalange. Comme si le sang avait pris le relais des larmes, elle avait brusquement cessé de pleurer, et pressé le bout de son doigt. Cette petite goutte, mêlée au pigment, serait désormais sa marque secrète.

Très rapidement, Dick lui avait fait des avances – si tant est que l'on puisse nommer ainsi le fait d'être plaquée contre un mur. Ils avaient couché ensemble pour la première fois au pied du désert, sur la cuvette de sel. Et avaient passé cinq jours à se chercher dans toutes les positions.

Jamais Susie n'avait vécu une période de telle débauche. Il lui semblait que son sexe et son cerveau s'étaient déconnectés l'un de l'autre, apaisant ses angoisses au passage. En revanche, la fresque n'avançait pas, et les montagnes, à l'arrière, restaient tristement à l'état d'esquisse.

« Laisse-la inachevée, disait Dick, en lui caressant les cheveux. Elle est très bien ainsi, cette peinture. C'est Helena qui la rendait irrespirable. »

Helena était revenue après cinq jours, au beau milieu de la nuit. Susie s'était cachée derrière le rideau de la chambre avant de plier bagage.

Après avoir traversé le Brésil en vivant sur ses économies, un peu nagé, beaucoup pleuré, répondu à quelques messages de Dick, elle avait décidé de rentrer en France.

C'était ici, dans le petit studio du sixième étage prêté par Granny, avec une immense baie vitrée ouverte à l'infini sur le ciel, que Susie avait commencé à monter sa petite entreprise de « peintre en décors », aidée par Milad, un graffeur et calligraphe d'origine iranienne, aux yeux d'ébène et aux boucles jusqu'aux épaules, qui avait de faux airs de Ringo Starr. Il avait proposé à Susie de lui donner, gratuitement, quelques cours de calligraphie perse, dont elle pourrait faire bon usage sur les fresques. Devant son cahier, il lui avait attrapé la main pour la guider sur le papier, en l'appelant Princesse. Elle s'était retournée vers lui et, étonnée de sa propre audace, l'avait embrassé à pleine bouche. Elle l'avait découvert au fil des jours : il était arrivé en France avec ses parents à l'âge de deux ans, son père était gérant d'un petit cinéma d'art et d'essai dans le X$^{e}$ arrondissement, sa mère avait été emportée par un cancer quand il avait douze ans – ce qui l'avait plongé dans une forme de mutisme. « Je me suis mis à dessiner comme un fou, avait-il murmuré. Tout le temps, partout, sur les tables des restaurants et même dans les toilettes. » Susie avait alors caressé sa longue main brune : « Montons cette petite entreprise, Milou, on les rendra heureux, nos clients. »

Même avec un peu d'expérience, il était bien difficile de s'imposer sur le marché. Milad avait eu la bonne idée de contacter les régisseurs des principaux châteaux d'Île-de-France et de la Loire en leur proposant de « sublimer leurs murs » à la peinture au chiffon ou à l'éponge. La châtelaine de Vaux-le-Vicomte avait rappelé : elle souhaitait, sur le mur principal de la cuisine, la reproduction d'une affiche pédagogique – le Bœuf et ses parties – « dans les tons bruns et rouges, comme les chevaux sauvages dans les peintures rupestres ».

Susie s'était souvenue des animaux monumentaux de Susan Rothenberg. Elle allait travailler sur cette base-là. Avec un fond ocre, appliqué au torchon, et pour le bœuf, un rouge profond, musclé, surligné de noir, comme au fusain. Ça allait être magnifique. Ce fut une expérience éprouvante. Enivrée par les vapeurs de térébenthine, à moins que ce ne soit les anxiolytiques, Susie entendait le bœuf respirer sur le mur, elle voyait ses flancs enfler, ses nasaux fumer. Paniquée, elle dégringolait précipitamment de sa plateforme pour s'enfuir dans le vaste parc du château, sous le regard médusé des jardiniers. Une nuit, elle rêva même que l'animal l'emportait sur son dos tel Zeus ravissant Europe. Elle s'était réveillée en sursaut, au moment d'un orgasme d'autant plus perturbant qu'elle n'avait jamais mené de rêve érotique jusqu'au bout.

Oh, elle en avait fait, pourtant, depuis deux ans, des cauchemars, cachée dans un faux plafond, dissimulée dans un sac de toile, jusqu'au moment où elle sentait la lame d'acier sur sa jugulaire. Elle s'était toujours réveillée avant la fin.

La châtelaine était ravie du résultat. Les yeux plissés, elle faisait des va-et-vient en hochant la tête, s'approchant si près du mur que Susie avait dû la mettre en garde : la peinture était encore fraîche. Son regard reflétait tour à tour la curiosité et l'effroi : « Le bœuf… Il est tellement vivant ! Il pourrait descendre et se mettre à gambader dans le parc. C'est bien au-delà du trompe-l'œil. Pourriez-vous me faire un devis pour la salle de bains ? J'aimerais une fresque avec des flamants roses. Ou peut-être une baleine et son petit. Ou un alligator.

— Hmm… Je ne sais pas si la peinture tiendra… J'y réfléchirai », avait murmuré Susie, avant de s'enfuir avec son chèque.

Elle ne fut mandatée ni pour un alligator ni pour une baleine. En revanche, sa carrière décolla le jour où sur les conseils d'un ancien professeur, elle loua trois mètres carrés au salon « Peintures et Décors ».

Elle y avait exposé, sur un présentoir en loupe d'orme, ses principales réalisations : la fresque de Vaux-le-Vicomte, celle inachevée de Furnace Creek, quelques touches de faux marbre réalisées pour le hall d'une majestueuse résidence. Mais le trait de génie venait de Milad, qui avait imaginé son slogan : *Elle vous devine, elle vous dessine.*

Quand elle était partie se rafraîchir aux toilettes – tentant de juguler une de ces crises d'angoisse qui survenaient encore dans des lieux confinés ou surpeuplés –, elle avait croisé une journaliste et son cameraman.

« C'est vous "Elle vous dessine, elle vous devine" ? »

Susie avait rapidement séché ses paumes humides sur son jean, retouché son rouge à lèvres, et avait accepté de répondre aux questions, le souffle court, encouragée par les vigoureux hochements de tête de la journaliste.

« La fresque ? C'est une rencontre entre deux mondes. Mon inspiration ? Mon client. Je dirais même, l'inconscient du client. Les tendances actuelles ? La forêt tropicale, la mer démontée, les arbres, les rêves d'Amazonie. »

Quand l'interview fut diffusée, un mois plus tard, expurgée de ses hésitations, Susie pensa qu'elle aurait tant aimé être cette personne déterminée, au regard implacable et au sourire enjôleur. On l'avait présentée comme une Madame Soleil de la peinture. « Si vous ne savez pas qui vous êtes, elle, elle le sait », avait conclu la journaliste.

Depuis, le téléphone sonnait sans cesse. Des entreprises en quête d'image, des particuliers dénués d'inspiration, qui s'en remettaient totalement à elle pour leur intérieur. Elle avait le sentiment d'être un chef de tribu paré de mille et une plumes. Une déesse Oiseau qui, brindille après brindille, touche après touche, avec son bec pinceau, allait façonner le nid idéal, celui dans lequel on se réfugie douillettement, mais aussi celui d'où l'on s'envole pour franchir l'autre côté du mur.

Et l'aventure continuait aujourd'hui encore, alors qu'elle rentrait à peine de chez les Wagner. Milad l'accueillit, sourire aux lèvres : cinq clients potentiels demandaient des informations sur le site Internet.

« Tu devrais ouvrir ton cabinet de psy. Tu es devenue un "supposé sachant".

— Qu'est-ce que c'est encore ?

— Tu sais… Celui dont on imagine qu'il sait tout. C'est du Lacan. »

Susie secoua la tête. Milad était sûrement le seul trentenaire à citer Lacan plutôt qu'un coach en développement personnel.

« Quoi ! Tout le monde croit en toi…

— Tout le monde sauf moi !

— Tu as tort, Princesse. »

Milad était ainsi : désuet et rassurant. Elle l'avait rencontré dans un vernissage où il dépassait tout le monde d'une bonne tête. Quand il lui avait tendu un spritz, elle avait eu l'impression qu'il avait allumé un petit soleil orange juste pour elle. Depuis ce jour, elle l'associait à ce cocktail. La couleur chaude de ses yeux, sa voix suave, ses cils noirs et fournis… Il était solaire et réconfortant comme un spritz.

De son côté, Milad avait vu en elle un noir à la Soulages, traversé d'éclats de lumière. Dans les yeux de Susie, le noir et l'or se disputaient sans cesse – et bien malin eût pu prédire le triomphe de l'un ou de l'autre.

Ce soir-là, Milad avait pensé qu'il ne se lasserait jamais de ce spectacle.

Elle retira ses bottines, se lova contre le pull un peu râpé de son compagnon. Et pria pour que le bébé ne se mette pas, aimanté par la chaleur de ce cocon, à gesticuler plus tôt que prévu.

# CHAPITRE 3

## Réplique

Il était 10 h 30 quand elle déclencha grâce à son badge un bruit sec et discret comme le fermoir d'un sac à main. La grille ouvrit ses mâchoires de métal. Ses talons claquèrent sur le marbre, et avec l'écho, le roulement de son caddie fit un vacarme assourdissant.

Elle l'avait rempli à ras bord de son bric-à-brac – poudre de pigments, huile de lin, white spirit, térébenthine, feuille d'or et d'argent, pinceaux à chiqueter, à rifler, à éclabousser, sans oublier sa dizaine de brosses à dents plus ou moins épilées, des épingles à chignon, des morceaux de chiffon, et un masque protecteur en latex déniché sur Internet. Les solvants étaient toxiques pour une femme enceinte.

Le rideau de la loge frissonna à son passage.

C'était sa troisième séance, elle avait déjà ses rituels : s'asseoir sur le canapé grenat, dézipper ses bottines, les ranger dans le placard coulissant de l'entrée, enfiler sa paire de chaussettes à picots antidérapants, son tablier en coton blanc, saluer la femme de ménage qui partait invariablement à 10 h 40, après avoir plié sa blouse fleurie dans la buanderie. Puis, adresser un salut discret à Sun Hi, la cuisinière qui, elle, disparaissait à 11 heures, après avoir embaumé l'appartement d'un parfum suave.

Susie avait bâché le parquet en chêne massif et lessivé le mur sud. Si elle travaillait bien aujourd'hui et finissait le mur nord, songeait-elle avec gourmandise, elle pourrait débuter la première application de couleur dans la foulée.

En retirant ses chaussures, elle se remémorait sa dernière visite. Elle était arrivée, classeur sous le bras, masquant ses doutes derrière un sourire éclatant. Elle avait commencé par lui proposer deux tableaux (Bigger Splash de Hockney, une scène de plage des années 1950), que Wagner avait écartés d'un geste las, comme elle l'avait prévu, avant d'exhumer de son caddie, avec d'infinies précautions, une maquette – trois plaques de carton mousse, sur lesquelles elle avait épinglé ses aquarelles – qu'elle avait déposée méticuleusement sur la table basse :

« Voici notre jeune homme au skate-board. »

Elle avait observé une pause.

« Ici, le jeune homme à la croisée des chemins, en pleine lumière. Face à lui : la plage de Malibu, la mer qui scintille. Le rocher, point d'ancrage, et départ vers l'ailleurs. On s'y hisse, quand la houle est trop forte. Çà et là, quelques palmiers, les reflets argentés des vagues qui viennent lécher les orteils. Les millions de petites bulles argentées. Au loin, un bateau, le début de l'aventure. »

Il avait braqué son beau regard gris clair sur elle. Elle avait pensé alors qu'il avait le charme des vieux quinquagénaires désespérés et que si, comme elle l'avait lu dans *La Bible des Fresques,* peindre sur les murs était un acte érotique, observer celui qui vous regardait peindre l'était tout autant.

Il avait demandé par quoi elle allait débuter – le jeune homme, la mer, ou le sable ? Je vais, avait-elle répondu d'un air triomphal, déposer les grandes zones de couleurs, de façon très évanescente, pour ensuite, progressivement, enrichir la couleur, les personnages.

Elle aurait aimé ajouter que, tout en peignant, elle *devenait* le jeune homme, le palmier, la bande de bitume, et même le faux ciel, qu'elle *habitait* chacun de ses sujets – qu'il soit végétal, minéral ou animal.

Mais il avait regardé sa montre.

« Entendu. N'oubliez pas de repartir avant 14 heures. »

Elle avait acquiescé en se demandant pour la énième fois pourquoi elle devait s'éclipser en début d'après-midi.

Elle se rendit immédiatement dans le petit salon où elle laissa son caddie. Un rayon de soleil traversait la baie vitrée.

Elle sursauta : un chaton au pelage presque blanc, les yeux bleu clair, s'avança vers elle. Il était haut sur pattes, et avait le museau tacheté comme s'il avait trempé sa truffe dans du café.

« Mais je ne t'avais pas vu, la dernière fois, toi ! »

Elle approcha, et tendit la main. Peu farouche, l'animal se frotta contre son jean.

C'était un Bengal. Elle l'aurait juré. Quand elle préparait véto, Esther avait scotché sur le mur de sa chambre une affiche du magazine *30 millions d'amis* sur les races de chats. Le poster y était sans doute encore. Un Bengal snow, des plus rares.

« Comment tu t'appelles ? Pour moi, tu seras Hans. Tes coups de pinceau, là, on dirait du Hartung. »

Le chaton miaula plaintivement. Après quelques mètres dans le couloir, il s'arrêta devant une porte grise, et griffa la paroi de haut en bas, juché sur ses pattes arrière.

« Calme-toi, je vais ouvrir. »

Elle saisit la poignée. Fermée.

« Désolée, mon vieux. Ton maître doit cacher son "magot" ici ou bien peut-être... des toiles de maîtres. »

Ça n'était pas le premier ni le dernier propriétaire qui enfermait ses trésors dans un cagibi. Helena entreposait ses robes de couturiers dans une pièce fermée à double tour.

Elle regagna le salon, fronça les sourcils quand elle repéra un album photo laissé manifestement à son attention, sur la table basse. Niels bébé, enfant, adolescent.

Elle sentit la colère sourdre : il n'était pas question de faire revivre le visage d'un gosse sur le mur, ne l'avait-elle pas précisé ? Elle n'était pas portraitiste, bon Dieu ! Encore moins médium. Elle était artiste. Elle envoya valser l'album sous la table.

« À nous deux, mon coco. » Susie approcha du mur, et, du plat de la main, l'évalua. Pustules, cloques, anfractuosités, une jolie faille en forme de Z.

Toute petite, dans la bastide de Granny, elle pouvait rester de longues minutes, assise sur sa chaise, rêveuse et concentrée, à observer une faille géologique, un Nil charriant ses alluvions, un tracé d'électroencéphalogramme qui hoquette avant la fin, quand il ne s'agissait pas de l'itinéraire d'un bas filé entre deux couches de mauvais vernis. Susie savait que sa vocation était enracinée là : dans ce qui cloque, craquelle, suinte.

Les murs avaient des oreilles, une bouche, une grammaire.

Quand Susie lui avait annoncé qu'elle allait devenir peintre, sa mère avait eu un sourire mélancolique avant de lui rappeler que, petite, elle nettoyait déjà les murs. Anna Pritt ne perdait jamais une occasion de retourner à l'enfance de ses filles, comme on appuie sur un nerf avec délice et douleur à la fois. Et, même s'il n'était pas directement question d'Esther, Susie savait que toute référence au passé comportait désormais une ombre portée.

Dans un éclat de rire destiné moins à chasser le chagrin maternel qu'à tenir le sien à distance, elle avait répondu que oui, bien sûr, elle se souvenait de ces moments où, cavalant sur le trottoir aux côtés d'un adulte, elle laissait sa main s'écorcher sur la surface des immeubles, en observant sa paume devenir grise, puis rouge-de-gris. Ce qui la ravissait, un peu plus tard, c'était de décoller un côté de la croûte de sang séché avec la pointe de son ongle. Les adultes la regardaient alors, horrifiés : et les cicatrices ? « Mais je les aime, moi ! » répondait-elle. Et ils levaient les yeux au ciel. « Mon Dieu… elle aime les cicatrices. »

L'existence n'avait pas manqué de la gâter, sur ce point-là.

Elle s'agenouilla, brancha son appareil, disposa les deux enceintes à égale distance. Le lessivage obéissait à un rituel immuable. Programmer Stravinsky, Beethoven ou Pink Floyd à plein tube, c'était sa manière de s'approprier les lieux. Dans sa *Bible des Fresques*, elle avait souligné ce passage. « Avant de débuter votre travail, laissez-vous imprégner des vibrations de la surface. Le voyage débute là. »

Elle monta le volume à fond. Après tout, qui dérangerait-elle ? La vieille dame du dessous ?

Elle accrocha le seau d'eau, grimpa sur la plateforme pour atteindre le tiers supérieur du mur, commença à frotter. L'éponge pissait un petit fil de jus noirâtre, qui dégringola jusqu'en bas. Un vertige la saisit, elle se rattrapa *in extremis* à la barre métallique.

*Je suis folle. Dans mon état, si je tombais.*

Quelque chose dans cet appartement la déstabilisait. L'ambiance glacée de l'immeuble désert ? Le maître des lieux ? Le mystère qu'il laissait planer ? *Quand il a disparu, il avait 17 ans et demi...*

Le gosse était peut-être en train de se la couler douce, à l'autre bout du monde, ou de crapahuter au Népal ? À moins qu'il ne se soit fait déchiqueter en se jetant sous un train. Oui, plus elle y pensait, plus elle en était persuadée : il était mort.

Ce n'était pas la première fois qu'on la prenait pour une embaumeuse. Quelques mois auparavant, elle avait peint pour une veuve son mari disparu, travaillant les rides, une à une, avec une épingle à cheveux, sur le mur de la chambre à coucher. Il devait encore y trôner, allongé sur son transat, le journal entre ses mains, entre deux pots de fleurs ! Elle avait détesté cela.

Elle descendit de l'escabeau, jeta le seau d'eau sale dans les toilettes, le remplit de nouveau et y ajouta deux poignées de St Marc. Quand elle essora l'éponge vigoureusement, de petites bulles transparentes s'élevèrent dans l'air.

Ils avaient été tous si étonnés de la voir devenue « décoratrice », elle, la fillette aux doigts tachés, la détraqueuse de stylo-plume : « Ce noir sur ton pouce ! s'exclamait son père, au retour de l'école, mi-agacé, mi-amusé. Viens, on va te trouver un autre stylo. » Rentrée à la maison, avec l'outil magique, pourtant dûment testé dans la papeterie, la malédiction reprenait, les salissures renaissaient sous ses doigts. Oh, c'était une artiste en la matière !

Soudain, plongée dans ses souvenirs, elle entendit du bruit. Un coup, deux coups. Trois coups. Quatre. Cinq. Dix. Des coups brefs et réguliers, comme des balles tirées avec un silencieux.

*Respire...*

Le cœur pulsant à ses oreilles comme un tambour, elle descendit les trois marches, tel un robot, allongea le bras, baissa le son.

Un énorme fracas, maintenant : quelque chose – ou quelqu'un – qui tombe.

Dans la porte vitrée, elle voyait sa propre silhouette, figée, comme s'il s'agissait de quelqu'un d'autre. L'angoisse avait planté ses griffes en elle, avant de la mordre au cœur.

*Réagis, bon sang... Les tueurs vont arriver.*

Mais elle ne bougeait pas. Poum poum poum.

Ça *vient d'où ? Mme Robert ? Non, c'est à côté, dans l'appartement.*

Oui, le bruit provenait de la porte grise, que le chaton avait voulu lui faire ouvrir.

Combien de séances d'EMDR n'avait-elle pas suivies, en sanglotant parfois ? Et tout ça pour, maintenant, se retrouver, encore, et encore, le cerveau baignant dans le sang ?

Elle attrapa son sac, ses clés, son téléphone. Elle dégringola les escaliers, atterrit dans le hall, hors d'haleine, en se jurant de ne plus jamais remettre les pieds dans cet immeuble hanté.

# CHAPITRE 4

## Iconique

Elle entend des pas. Le claquement déterminé de leurs pas. Ils se rapprochent. Repliée en chien de fusil sous un sac en toile de jute, elle ferme les yeux jusqu'à la douleur, comme pour faire disparaître le danger.

La terre de la cave est glaciale, une arête de pierre pénètre dans le muscle de sa cuisse. Ils vont la trouver, son cœur bat trop fort. Ils murmurent une prière dans une langue inconnue, et ce chant avance comme une vague. Leur voix, grave et basse, s'arrête. Leurs pas aussi. La lame glaciale d'un couteau se plaque sur son cou.

Susie se redressa, en sueur. Milad dormait, bouche ouverte. Elle serra ses mains contre sa poitrine. Ça faisait longtemps… Ce cauchemar l'avait persécutée si souvent après l'attentat qu'elle avait déserté son lit pendant quelques semaines pour lui préférer le fauteuil du salon.

Le 13 novembre, les tueurs portaient des baskets, et non des derbys en cuir. Mais les rêves ont des talents d'artiste.

Sonnée, elle gagna la cuisine, les pieds nus sur le carrelage glacé, s'assit sur le tabouret quelques minutes pour récupérer son souffle, puis, les mains tremblantes, alluma une cigarette, qu'elle écrasa après la première bouffée.

Elle passa l'index à travers les barreaux de la cage pour caresser le long bec orange de M. Paul. *Toi non plus, tu ne dors pas ?* L'animal battit des yeux, sans quitter son perchoir. Son plumage noir et brillant paraissait plus ébouriffé, la nuit. Était-ce le froid ? La peur ? Il la regardait maintenant d'un air hostile. Elle se demanda comment Esther, jadis, s'occupait de lui. Lui parlait-elle dès le réveil ? Lui glissait-elle quelques graines à travers les barreaux ? Est-ce qu'elle lui chantonnait quelque chose ?

Elle n'en saurait jamais rien.

Non, elle n'avait pas rêvé. Elle avait bien entendu cette volée de coups sourds… À cette heure-là, il n'y avait personne, tous les employés étaient partis. Ça ne venait pas d'en haut ni d'en bas, elle en était certaine. *Le bruit provenait du cagibi où le chaton avait tenté de l'attirer.*

Elle ouvrit sa *Bible*, feuilleta le livre jusqu'à 6 h 30, puis mit la cafetière en route avec un peu d'appréhension. Pour éviter les nausées, elle devait boire à toutes petites gorgées et beaucoup sucrer le breuvage. L'odeur rassurante du café l'apaisa comme un doudou.

Après avoir songé à signifier sa démission par un e-mail courtois mais déterminé, elle opta pour une autre solution : elle allait débuter un autre chantier.

Jeanne-Marie S. était une femme longiligne encore assez jolie, vêtue d'un jean clair, la poignée de mains énergique mais froide, les yeux curieux et intenses, une masse de cheveux blond-gris mousseux, qu'elle avait crêpée pour un effet gonflant. En la regardant, Susie pensa à un lavis dilué à l'extrême, pâle écho d'une ardeur passée. Elle avait dû être une jeune femme belle, bondissante, mais était définitivement entrée dans cet univers parallèle où les sentiments, les traits et les couleurs perdaient en intensité. C'était ce que Granny lui avait dit, il y a tout juste quelques jours. « Ma chérie, je suis entrée en transparence. La saveur des aliments, le goût du champagne… Tout s'est affadi curieusement. Les souffrances et les joies aussi. Tu sais, avait-elle ajouté, ça n'est pas si mal. Car après ça, on lâche le dernier morceau de la corde sans regret. Alors qu'être précipité dans le vide à vingt ans, ça, c'est une tragédie. »

Susie suivit Jeanne-Marie dans le couloir : elle avait l'impression d'être un médecin venu ausculter un enfant dans sa chambre.

« C'est ici que ça se passe. Comme je suis heureuse que vous ayez enfin un peu de temps pour moi ! »

Elles pénétrèrent, l'une après l'autre, dans une pièce de vingt mètres carrés environ, assombrie par de lourds rideaux en satin beige. Un parquet sable, une coiffeuse à l'ancienne, un fauteuil crapaud. Au centre de la pièce, un lit king-size mangeait tout l'espace.

« C'est raffiné », observa Susie, qui se demanda si elle pouvait prendre place sur le rebord du lit.

Jeanne-Marie extirpa du tiroir de sa coiffeuse quelques feuilles déchirées dans un magazine de décoration – frises diverses et variées, arabesques, petits arbrisseaux et branches alourdies par des fruits et des fleurs dorés, argentés.

« Nous pouvons faire plus piquant, sourit Susie. »

Elle écarta les élastiques de la chemise baptisée « Chambres », dans laquelle elle avait rangé des photocopies de reproductions. Elle y avait recopié cet extrait de sa précieuse *Bible des Fresques* : « Peindre dans une chambre peut être perçu comme une forme d'intrusion. Faites preuve de discrétion et d'à-propos. Pour un enfant, ayez en tête la simplicité (Magritte, Miro, Tinguely). Pour un couple, optez pour un érotisme discret. Pour un adolescent, laissez-vous inspirer par le voyage. »

Susie tourna les pages délicatement, comme s'il s'agissait de tableaux originaux s'arrêtant sur *Polynésie*, puis sur le *Nu aux Oranges*.

Elle toussota :

« Personnellement j'aime beaucoup Matisse.

— Ah oui, moi aussi ! répondit Jeanne-Marie.

— Je veux dire… Tout le monde aime Matisse, reprit-elle, un rien snob. Mais techniquement, sur un mur, il est irremplaçable. Archaïque, discret, sensuel. »

Elle caressa les oranges du bout des doigts.

« Le soleil, l'odeur de l'écorce mûrie… Et observez comme il relèverait la tonalité grège de l'ensemble.

— Il m'arrive de changer de housse de couette, nota Jeanne-Marie.

— Bien évidemment… Mais vous me surprendriez si vous me disiez que vous en avez une dans les tons violines ou bleu électrique.

— C'est exact ! J'ai même un jeté de lit orange clair brodé d'or, que j'ai trouvé sur un petit marché à Agadir… Mais ça ne va pas être trop nu, tout ça ? »

Elle se reprit : « Je veux dire… Trop blanc ? »

« Oh, je peux tout ajouter… Un olivier, à côté, un arbre… Une autre femme… Ou un autre homme, ajouta-t-elle en tournant la page. Je peux aussi vous proposer une ambiance "Petites femmes de Paris". Voyez donc la *Danseuse espagnole* de Van Dongen, avec ses yeux charbonneux, ou bien *Olympia* de Manet. »

Comme attendu, la femme revint en arrière, et s'arrêta à nouveau sur le *Nu aux Oranges.* Elle tapota l'image du bout de l'index.

« Je vais en parler à mon mari. Mais ce visage neutre me plaît. Bien que... je préférerais qu'elle ait des yeux. »

Son sourire reconnaissant creusait une petite fossette, à droite.

*O.K. ma cocotte,* songea Susie en refermant les élastiques de son dossier, *pour les yeux, ça sera compliqué. Mais gageons que ce* Nu *saura te dégeler un peu.*

« Ah, j'oubliais...

— Oui ? sourit Susie.

— Je vous ai vue, vous savez, dans cette émission. Ne le prenez pas mal... Mais il est hors de question que notre chambre soit filmée, ou que nous soyons cités dans... Mon mari est très discret et... » Elle s'interrompit. « Je ne vous vexe pas au moins ?

— Pas du tout, je vous comprends tellement, minauda Susie. Pour moi, la télé, c'est fini aussi ! »

Quand elle rentra, Milad fredonnait dans la cuisine. Sur le pas de la porte, elle huma longuement le parfum... *Ghormeh-sabzi,* conclut-elle : un ragoût iranien à base d'agneau, cuisiné avec des herbes fraîches, des oignons et des haricots rouges, et dans lequel il ajoutait des lamelles de lime confit. Son plat préféré.

Imprévisible Milad. Elle l'admira, de dos. Ses boucles brunes, qui s'enroulaient dans le creux du cou, ses bras puissants et si sécurisants, et, quand il se retournerait, ses yeux couleur mordorée, qui s'éclaircissaient comme ceux d'un chat. Et puis, sa voix... Cette voix aux accents chantants, dont il avait, lui avait-il dit, affûté le vibrato dans l'ombre, en écoutant les berceuses persanes de sa grand-mère.

Il pivota brusquement sur ses pieds nus :

« Oh, tu m'as fait peur !

— C'est tellement gentil. Je m'apprêtais à dévorer de vieux crackers au fromage.

— Il fallait bien que je prépare quelque chose à grignoter avec le champagne ! » Il ouvrit la porte du réfrigérateur et brandit une bouteille.

Susie serra les lèvres. Bon. Pas très recommandé dans son état, mais elle y tremperait ses lèvres.

Elle retira sa parka, et la suspendit à la patère derrière la porte.

« Ne te précipite pas... Elle n'a pas signé encore... Tu ne me demandes pas comment j'ai fait ?

— Installe-toi, d'abord. »

Il remplit les coupes. Elle lui raconta le rendez-vous avec Jeanne-Marie S., tout en commençant à piquer sa fourchette dans le ragoût. C'était un délice.

« Mais je ne pourrai démarrer que dans une semaine, quand son mari sera au Japon. Et toi ? »

En ce moment, Milad travaillait avec des adolescents. Il les avait emmenés sur les traces des calamars géants du Docteur Octopus, ce peintre qui escaladait les murs, la nuit, pour y dessiner ses monstres aux tentacules géants. Milad allongea le bras et chatouilla la joue de Susie.

« C'est vraiment génial, ce que tu fais avec eux, s'enthousiasma Susie. Tu vois, je finirai par regretter de...

Milad haussa les épaules : « Ça n'est pas *la faute* d'avoir insisté... Rappelle-toi comme tu te sentais mal, à l'époque... Tu ne pouvais vraiment pas supporter...

— Oui, oui... Allez, sers-moi de ton riz croquant et raconte.

— Ils ont peint une baudroie des profondeurs, avec une loupiote au-dessus de la tête, j'ai aussi une Sirène-sorcière… et une Méduse effrayante. »

Il coula un regard taquin vers elle :

« Bon, évidemment, toi, tu préfères nous pondre un petit Matisse… Tout le monde n'est pas aussi élitiste ! »

Susie secoua la tête, et tenta de contenir les larmes qui lui montaient aux yeux.

« Mais tu sais pourtant comme je les aime, les monstres ! Oh, Milad, j'ai une idée… Si tu me laissais ta place demain. Et toi… tu pourrais finir le lessivage chez les Wagner… Allez, Milou ! supplia-t-elle. Juste cette fois. »

Le jeune homme fit la moue :

« Tu n'es pas heureuse dans ton château doré ?

— *Prison* dorée, reprit Susie.

— Donc, si je comprends bien, tu me proposes d'échanger un ouvrage pénible contre une séance géniale avec mes adolescents ? Tu sais combien je facture ça ? » Il déposa un baiser dans le creux de sa paume.

« Tu ne le regretteras pas. Tu vas croiser une vieille dame rigolote qui se croit à l'hôtel. Et tu profiteras des petits plats de Sun Hi, la cuisinière. Tu savais que Sun Hi ça signifiait "Bonheur du jour" ? Tiens, et comme ça…

— Oui ? »

Elle mordit ses lèvres. Non, elle n'allait rien dire du bruit suspect. Elle s'était sûrement monté la tête.

« Comme la clinique est à trois stations de métro, si quelque chose te chiffonne, je peux passer après. »

Elle allongea les bras et l'embrassa. Ils se servirent une autre coupe, évoquèrent Sandra Martins, la psychologue belle et revêche que Milad avait, selon ses propres termes, « *placée* dans sa poche ». Il fallait tout de même la prévenir pour Susie, demain.

Puis, Susie bâilla – le champagne avait toujours cet effet lénifiant sur elle, même à toutes petites doses. Milad l'observa d'un air inquiet :

« Tu n'as pas bien dormi ? »

Susie secoua la tête d'un air agacé. Combien de fois n'avait-elle pas été accueillie le matin, par cette injonction : « Tu dors ? » « As-tu dormi ? » « Il faut que tu dormes. » Aujourd'hui, elle s'efforçait de se coucher tard, pour sombrer immédiatement dans le néant, sans passer par ce clair-obscur qui la terrifiait.

« J'en peux plus de toutes ces questions ! » Elle secoua la tête, observa le visage assombri de Milad : « Oh, pardon, Milou, je ne suis pas dans mon assiette ... Je suis injuste.

— *Beaucoup* injuste. »

Elle s'approcha à nouveau de lui. Elle adorait ses petites « fautes de frappe » comme elle lui disait parfois, pour ne pas le vexer. Elle pensa à cet instant qu'il partageait cela avec M. Paul. Et elle sourit intérieurement.

Elle entendit son téléphone bipper sur la table.

Xavier Wagner.

Son cœur accéléra.

« Bonsoir, mademoiselle Pritt, tout se passe-t-il bien pour vous ? »

Elle tapota :

« Bonsoir monsieur, le lessivage est en cours. Mon assistant viendra demain pour reboucher les fissures, virginaliser la surface. J'entamerai la peinture après-demain. »

Elle envoya le texto, attendit deux bonnes minutes puis poursuivit :

« Cela vous convient-il ?

— C'est vous que j'ai recrutée », fit-il sèchement.

Elle mordilla sa lèvre inférieure, assura que son assistant « avait toute sa confiance ». Elle voyait ses ongles bleu clair courir sur son clavier, et songeait qu'elle y dessinerait volontiers de petits nuages blancs. Devant le silence du téléphone, elle insista :

« Je sous-traite le nettoyage, mais je serai la seule à peindre.

— C'est entendu », conclut-il.

Elle regarda son téléphone. Longuement.

Elle recommença à taper : « Y a-t-il quelqu'un chez vous ? » Puis « J'ai entendu des coups ». « Quelqu'un a fait du bruit chez vous. »

Plus elle écrivait, moins elle y croyait.

Elle effaça son texte. Et si elle avait imaginé tout ça ? Les blessés de guerre souffraient aussi de douleurs fantômes.

On verrait bien, demain, ce qu'en dirait Milad.

# CHAPITRE 5

## Archaïque

ALLER D'UN LIEU À UN AUTRE, passer les frontières… C'est ce que Susie aimait dans son métier. En s'installant chez les autres, elle gagnait à la fois en légèreté et en sécurité. Pour autant, elle n'était pas dupe : aucun abri n'était totalement sûr quand l'angoisse venait de l'intérieur.

Au fil de ses rencontres, elle avait développé un sixième sens. Il y avait les clients dont l'anxiété menaçait à chaque instant de réveiller la sienne, et de l'amplifier jusqu'à la panique. Et il y avait les autres qui, d'une main ferme, l'aidaient à franchir le gué, dans un monde aux contours solides. Milad était incontestablement de ceux-là, et d'une certaine façon, Dick l'avait été aussi. Elle n'était pas loin de penser que leurs langues étrangères y étaient pour quelque chose.

Ce matin, malgré le temps glacial, la fine pellicule de gel qui recouvrait le gazon, elle se félicitait de se retrouver là, devant la Maison Bleue, *pour jeunes en souffrance.*

Elle s'annonça à l'interphone :

« Susie Pritt, pour l'atelier Fresques. J'ai rendez-vous avec Sandra Martins. »

Une sonnerie stridente retentit. Elle pénétra dans le hall, desserra son écharpe et gagna le couloir.

Il y a deux mois, quand Milad avait été approché par la Maison Bleue pour encadrer un groupe d'adolescents fragiles, il avait immédiatement pensé à Susie. Ils pourraient travailler en binôme sur ce projet. Ce serait leur « bébé ». « Ça aide beaucoup, tu sais, d'être obligé de protéger quelqu'un. Ça t'irait *au comble de la merveille* », avait dit Milad. Susie avait alors rencontré Sandra Martins. La psychiatre était venue l'accueillir, silhouette longiligne, cheveux auburn aux épaules, lèvres rouge sang, dans sa blouse blanche boutonnée sur un pull à col roulé. Un petit badge spécifiait qu'elle était cheffe de service.

Une fois installée dans son bureau, elle avait dévisagé Susie en silence, tapotant de son ongle laqué le bras du fauteuil. « Peu empathique, ambitieuse, peut-être fragile », avait pensé Susie confusément.

« Vous êtes donc partie à Rio sur un coup de tête, c'est ça ? »

Susie avait joué la franchise.

« J'ai perdu ma sœur au Bataclan. Il y a, comment dire, des sorties d'urgence. »

La psychologue l'avait fixée de ses yeux verts :

« Vous avez 27 ans. Sans expérience en la matière. »

Susie avait joué son va-tout, argumentant sur la créativité, qui peut aider un individu à sortir de sa névrose. À aller vers cette part secrète qu'il ne connaît pas encore, cette part d'inédit.

La jeune psychologue l'avait écoutée, la tête légèrement penchée vers l'arrière, les yeux mi-clos, les mains plaquées dans les poches de sa blouse, ne lui adressant aucun signe qui puisse laisser croire à un quelconque assentiment.

Susie avait remporté le marché en proposant une fresque illustrée de monstres sous-marins.

« Les ados, affirma-t-elle en faisant danser ses doigts, pourraient ainsi jouer avec leurs peurs, comme les enfants le font avec les histoires. Et l'idée enchantera Milad, j'en suis sûre ! »

Sandra Martins avait alors élargi son sourire, en écartant ses jolies lèvres ourlées.

« Imaginez-vous un rapport entre les créatures des abysses et nos peurs archaïques ?... Très bien, j'attends donc une esquisse.

— Vous voulez dire une maquette ? »

À une imperceptible crispation de la mâchoire, Susie avait compris que la psychologue était de ceux qui n'aimaient pas être repris, fût-ce pour un détail.

Elles s'étaient levées toutes les deux, Susie s'était sentie toute petite, non seulement à cause de sa taille, mais de l'autorité que la psychologue dégageait. Cette Sandra Martins était sans âge. Ses mouvements de ballerine s'orchestraient avec grâce dans une chorégraphie parfaite, comme si elle les avait déjà anticipés un quart de seconde avant de les effectuer.

Susie avait pensé fugitivement à Esther. Elles se ressemblaient. Des femmes debout, à qui tout réussissait, jusqu'au jour où ce « tout » volait en éclats, sans aucun préambule.

La psychologue l'avait rappelée dans l'après-midi : « Félicitations, vous avez décroché le job, mon assistante vous envoie votre contrat par mail. Prévenez donc votre collègue Milad. » Elle s'était sentie soudain si fière à la perspective de se rendre utile auprès de ces adolescents, qu'elle en avait informé immédiatement son groupe de parole. Mais elle avait déchanté : ces jeunes l'avaient tellement déstabilisée, qu'elle s'était finalement mise en retrait. Jusqu'à ce jour.

Quand elle passa son visage à travers la porte du bureau de Sandra Martins, la psychologue lui adressa un signe impatient de la main :

« Je file à un rendez-vous, nous nous verrons plus tard. »

Susie tourna les talons, désarçonnée par l'accueil glacial, et gagna rapidement le réfectoire, où six adolescents maussades l'attendaient, certains assis par terre, d'autres juchés sur les tables. Seule l'une d'entre eux était en train de travailler à la fresque, accroupie, vêtue de noir de la tête aux pieds. C'était Karen.

Tous s'étonnèrent de l'absence de Milad. Elle expliqua : il était retenu sur un chantier et ça tombait bien, elle avait envie de les revoir.

Les adolescents maugréaient, criaient à la trahison.

Susie eut un sourire crispé, elle était bien punie d'avoir volé ce moment à Milad. Et pourtant, elle avait suivi son désir, comme la thérapeute du groupe de parole leur avait répété, à tous : « Pensez à vous reconstruire. Chérissez-vous. Dorlotez votre enfant blessé. »

Oh, pour ça, elle avait été une bonne fille, ne ratant pas une occasion de dérober à l'existence son lot de petites grâces – vivre de sa peinture, s'envoler pour Rio, changer de client quand ça lui chantait, s'offrir un quart d'heure de célébrité sur TV 24. C'était autant de pansements sur sa plaie vive, même s'ils n'avaient pas réussi tout à fait à la réintégrer au monde des vivants.

Elle approcha de la fresque et reconnut le coup de pinceau de Milad sur le couple de dauphins.

« Oh, c'est magnifique ! Mais si… Quel talent vous avez, tous ! Et là… Cette Méduse cernée de noir, avec ses tentacules… Je la reconnais : c'est celle du Caravage, non ?

— C'est celle de Milad, lâcha Lilas, d'une voix sombre. C'est le seul à savoir dessiner ici.

— Ce n'est pas DU TOUT ce qu'il me dit. Il me parle de votre grand talent, à tous. »

Les ricanements fusèrent : « N'importe quoi.

— En tout cas, elle m'évoque celle de la Galerie des Offices, à Florence. Le regard, vous avez vu son regard ? On se demande s'il est terrorisé ou… terrorisant. Les deux sans doute. »

Elle fit une pause, approcha de Karen.

« Tu me montres ? »

Assise en tailleur, l'adolescente, cachée derrière sa masse de cheveux bruns, esquissait, dans la partie inférieure de la fresque des coraux blancs en jouant de son rifleur, ce pinceau très souple qui avait la vertu d'aller dans tous les sens.

C'était de belles formes fantomatiques qui semblaient osciller au rythme de l'eau.

« Très belle idée », approuva Susie.

Elle aurait tant aimé voir son regard s'éclairer. Elle aurait tant aimé en aider au moins un. « En sauver un seul, c'est sauver le monde. » Qui disait cela, déjà ? La peinture en était capable. Milad le formulait si joliment : *La peinture est l'art de réchauffer les cœurs glacés.*

« Tiens, suggéra Susie, avec ton pinceau tu pourrais créer un fil continu entre les monstres. Blanc, presque transparent. Ça les sortirait de leur isolement… Non ?

— Bof », répondit Karen.

L'odeur entêtante de la térébenthine, soudain, lui rappela qu'elle avait oublié son masque. Quand, étirant les élastiques derrière les oreilles, elle l'appliqua sur son nez, les ricanements fusèrent.

Elle égrena un rire en retour qui, à travers le masque, fit l'effet d'un hoquètement lugubre – le cri de désespoir d'une baleine échouée.

« Madame, franchement, on devrait vous dessiner sur la fresque ! Entre la baudroie des profondeurs et la Méduse.

— Oh mais ce serait un honneur ! Tu t'en occupes, Arthur ? »

C'est ainsi qu'elle se retrouva immortalisée, sirène pourvue d'une chevelure brune et d'un masque à gaz. La créature avait du vernis à ongles bleu clair sur les ongles.

Susie regardait Arthur la peindre et elle songea à Niels Wagner. Ils devaient avoir à peu près le même âge. La Maison Bleue n'était pas loin de chez les Wagner. Peut-être étaient-ils scolarisés dans le même établissement ?

Elle ouvrit la bouche pour poser la question, mais Sandra Martins arrivait déjà.

« Je vous les vole. On est déjà en retard pour le groupe de parole. Pas mal, le masque ! »

En sortant, elle envoya une photo de la fresque à Milad, qui la rappela aussitôt.

« Comment s'est passée cette journée dans notre grand appartement ? demanda-t-elle.

— Mission accomplie !

— Mais encore ?

— Lessivage achevé.

— Et à part ça ? insista Susie.

— J'ai déjeuné d'un tendre gigot et d'un petit gratin de pommes de terre exquis… Mais tu as raison, on ne se sent pas tranquille dans cet appartement. Trop vaste… Trop calme… Ça ne m'étonnerait pas qu'on trouve un jour un cadavre dans le placard ! »

Elle lui répondit d'un petit rire guttural.

# CHAPITRE 6

## Poétique

DÉCLENCHER LE BRUIT SEC, faire un geste balancé de la main – se féliciter que la gardienne réponde désormais par un chaleureux hochement de tête –, arriver au troisième étage, retirer ses bottines, enfiler ses chaussettes à picots, dire bonjour à Mme Abiba, lui répéter que, oui, bien entendu elle partirait avant 14 heures. Ne plus s'étonner de cette question répétitive mais l'aimer comme un refrain.

Désormais son rituel était parfaitement huilé.

Était-ce bien elle, Susie ? Elle, l'adolescente qui raillait les routines de sa sœur, les vêtements préparés chaque soir par Esther puis, plus tard, les habitudes du « petit couple » qu'elle formait avec Nathan, leurs week-ends aux Thermes de Saint-Malo, leurs vacances dans le Luberon chez Granny… Elle, qui avait toujours jugé que les univers bien réglés étaient le refuge des vaincus.

Où était passée la rebelle ? Elle n'aimait rien tant aujourd'hui que paresser dans son nid douillet, en vérifier les contours, comme un enfant s'assure dans le noir que son ours en peluche l'attend à droite de son oreiller. Tout cela avait débuté à l'hôpital, pendant les soins : changement de pansement, nettoyage de la plaie, écouteurs vissés dans les oreilles pour suivre les méditations d'un hypnothérapeute.

Une catastrophe pouvait-elle à ce point modifier votre ADN ? Ou n'était-ce pas l'âme d'Esther qui, un soir de novembre, s'était glissée en elle ? Comme un échange de sang.

Susie se disait parfois qu'elle avait eu la vie sauve en signant ce pacte secret avec sa sœur.

« Vous ne saurez jamais que votre âme voyage / Comme au fond de mon cœur, un doux cœur adopté [...] Que la beauté du monde a pris votre visage [...] Qu'un peu de votre voix a passé dans mon chant. » Nathan avait lu ce poème de Yourcenar le jour des obsèques, d'une voix inaudible, alors qu'elle-même tenait à peine assise sur un fauteuil roulant, assommée par les comprimés antidouleurs, antiangoisses, anticrises de nerfs. Combien de fois l'avait-elle lu, recopié ; combien de fois avait-elle pleuré, en le lisant, en le murmurant, en le répétant à mi-voix dans sa chambre d'hôpital ?

Elle glissa la clé dans la serrure.

Un fumet délicieux l'accueillit. Pruneaux, porc ou bœuf ? Coriandre, gingembre ? Son estomac s'ouvrit, comme pour prendre une large inspiration. Elle passa la tête par la cuisine.

Sun Hi, les cheveux relevés en chignon, sanglée dans un tablier blanc, était en train de soulever les aliments avec délicatesse, comme si elle montait des blancs en neige.

« *Hello, Sun Hi! How are you today?* »

C'était la première fois qu'elle lui adressait vraiment la parole. La jeune femme émit un cri de surprise qui s'acheva en éclat de rire.

« *Sorry to bother you,* reprit Susie. *It smells so good!* »

Sun Hi afficha un sourire éclatant. Elle pointa sa cuillère en bois sur le wok frémissant.

« *Will you taste it today?* »

Susie qui, par habitude, gêne ou retenue, avait jusqu'à présent apporté son frichti, sentit sa résistance fondre.

« *Why not? It looks so delicious!* »

La jeune cuisinière, répliquant qu'elle était « *so happy* », remplit une assiette qu'elle déposa sur un plateau laqué à poignées.

« *Mister Xavier told me: Every day, you feed the painter! Every day!*

— *It's so kind of him. Why do you cook dinner so early?* »

Sun Hi papillota des yeux et se remit en silence à l'ouvrage.

Susie garda pour elle la question qui lui brûlait les lèvres : *Pourquoi le monde ici s'arrête-t-il à 14 heures ?*

La fresque commençait à avoir de l'allure. Elle avait posé les ombres, numéroté les couleurs de 1 à 15, de « bleu cyan », à « bleu outremer », comme dans ces coloriages au numéro pour les enfants. Elle avait esquissé les palmiers, la silhouette du jeune homme au skate-board, le panneau indiquant la direction de Santa Monica, la chaussée, le sable blond, et les collines hollywoodiennes, à l'arrière.

Sur le mur d'en face, elle avait aussi ombré la mer, l'horizon, dessiné une croix à l'emplacement du Trois-Mâts.

Elle prendrait son temps pour imaginer les deux parois latérales. Elle savait qu'il fallait bien laisser un peu de jeu : la variation d'une seule teinte pouvait, à tout moment ruiner l'ensemble de la fresque.

Aujourd'hui, Susie allait peindre le ciel à partir des photos de tableaux de maîtres qu'elle conservait dans son téléphone comme une mini-pinacothèque.

Elle aimait les nuages de Sisley, qui défilaient comme des wagonnets au-dessus du canal Saint-Martin, les rouleaux menaçants noirs de colère de Gustave Courbet, l'écharpe bleue de Monet qui dansait comme une aile d'oiseau, l'entêtant moucheté neigeux de Pissarro qui tombait dru sur vos paupières jusqu'à pénétrer dans vos yeux.

Elle avait agrandi en les zoomant certains détails, pour en analyser la technique. Charlotte, qui avait suivi comme elle la formation de peintre en décors à l'Académie de Versailles, riait de ses astuces de « néophyte » – au moins n'avait-elle pas dit « amateur », avait songé Susie. C'est ainsi qu'elle apprenait le mieux : en silence, seule, en s'inspirant des grands.

Elle ajusta son masque sur son visage, pressa sur la palette le tube de bleu cyan, y ajouta une touche de blanc, puis, trempant son pinceau dans la térébenthine, mélangea le tout, et entreprit de peindre ces merveilleux nuages. Elle tapotait, devant elle, au-dessus, en bas. Elle ajouta un peu de bleu. Il n'y avait que les petits enfants qui dessinaient des nuages comme des coussins sur lesquels un Dieu s'assied pour ordonner l'univers. À partir de 9-10 ans, vous comprenez que le bleu est fissuré de toutes parts.

Elle se concentra sur son travail, songeant à ce que l'auteur de *La Bible des Fresques* avait écrit : « Un artiste doute naturellement. Ne vous découragez pas. Viendra l'instant où, en une fraction de seconde, vous transpercerez la couche de l'atmosphère. Vous croirez en votre faux ciel. »

Elle travailla sans relâche jusqu'à en avoir mal aux bras, à la nuque, aux poignets.

Elle s'allongea quelques minutes à peine, puis entreprit la partie plus sombre, au-dessus des collines. Elle s'accroupit, écrasa un peu de bleu outremer sur son assiette en carton, et reprit son ouvrage.

À 11 h 15, son estomac cria famine. Elle se rappela qu'un wok aux pruneaux l'attendait.

Elle gagna la buanderie pour se laver les mains dans la vasque en granit, les sécha, songeant déjà qu'après le déjeuner, elle s'amuserait à glisser un motif-devinette dans le ciel. Le chat peut-être… Au fait, où était donc passé le petit Hans ?

Elle pénétra dans la cuisine. Le plateau laqué était posé sur la table. Elle glissa l'assiette dans le micro-ondes, et tourna la minuterie. Un fumet ne tarda pas à envahir la cuisine, elle sourit.

C'était la première fois qu'elle prenait vraiment possession des lieux et elle se sentait bien. Elle observa le plan de travail en béton ciré. Impeccable. Elle pensa au maître de maison qui devait pérorer pendant les dîners : « J'ai trouvé une perle. Sud-Coréenne, une petite merveille. » Elle approcha du réfrigérateur : la famille bourgeoise y avait affiché évidemment les dessins des deux enfants. Elle plissa les yeux. Celui de Niels – une large maison marron au toit rouge, avec une minuscule fenêtre, était d'une tristesse infinie. Elle était en train d'ouvrir un tiroir à la recherche d'une fourchette, quand elle entendit un bruit sourd.

Elle tendit l'oreille, le cœur battant. Cette fois, ça venait du dehors. *En avoir le cœur net.* Elle sortit de la cuisine, gagna l'entrée, passa son visage par la porte : « Madame Robert ? C'est vous ? » Silence. Elle revint sur ses pas pour attraper la clé, claqua le lourd battant derrière elle.

Son plat allait refroidir, tant pis. Elle descendit en chaussettes à l'étage du dessous, plaqua l'oreille sur la porte de Mme Robert, et entendit la voix suraiguë d'une femme qui semblait s'adresser à un enfant. « Et si je vous préparais une omelette ? Qu'est-ce qu'on en dit : une petite omelette au jambon ? Je veux bien vous faire plaisir, mais ne me refaites pas ça. Vous avez encore besoin de mon bras ! »

Rassurée, Susie redescendit l'escalier, glissa la clé dans la serrure et regagna la cuisine.

C'est alors qu'elle le vit. Une ombre, dans le couloir. Longiligne. Non, maigre. Elle se figea.

*Partir.* Mais ses jambes ne la portaient plus. Impossible d'avancer. Impossible même de crier.

Elle entendit le parquet craquer, une porte s'ouvrir.

*Rester confiné. Fermer les issues.*

C'était la consigne des autorités, en cas d'attentat. Ce petit document, que disait-il déjà ? Confinez-vous.

Sa mémoire patinait. Elle se planqua derrière la porte, puis se glissa sous la table, un couteau dans la main, prête à bondir si la porte grinçait.

Son cerveau lui crachait des informations désordonnées : « C'est un tueur », « un voleur », « le jardinier ».

Non. Il venait de l'intérieur. Un travailleur clandestin ? Un esclave domestique ? Elle avait lu un cas semblable dans la presse.

Combien de temps attendit-elle, ainsi ?

Tout doucement, sur la pointe de ses chaussettes, elle sortit de sa cachette, ouvrit la porte de la cuisine, sortit, pénétra dans le petit salon, réunit quelques affaires – son téléphone, son sac – sans aucun égard pour ses pigments et pinceaux. Il fallait qu'elle sache.

Elle avança très précautionneusement dans le couloir sombre, bifurqua vers la porte grise.

Elle entendit un miaulement de l'intérieur. Hans griffait la porte de tout son long. Il voulait sortir. Susie rejoignit l'entrée, récupéra ses bottines s'assit pour remonter la fermeture éclair.

Dans la rue, elle se mit à courir.

Quand elle s'arrêta quelques mètres plus loin pour reprendre son souffle, elle constata qu'elle tremblait de tous ses membres.

« Quelqu'un souhaite-t-il prendre la parole ? »

Derrière ses verres d'hypermétrope, Lucie, l'animatrice de « La Traversée », balaya du regard le petit cercle des participants assis sur des tabourets en bois.

« Mathieu ? Susie ? Dominique ?

— Oui…

— Mathieu ? »

Susie se tourna vers le jeune homme, à sa droite. Ils avaient beau former un tout petit comité, il était rare que quelqu'un parle spontanément.

« Juste pour dire… Je n'y arrive plus, avec les autres… Ils ne m'intéressent pas. Sauf les paumés. Et encore…

— Qui ressent la même chose que Mathieu ? Oui, Flore ? »

La jeune femme émit un petit rire :

« Moi je les cherche pas, les déglingos, je les attire comme un aimant. C'est une sorte de nouveau talent, quoi. C'est comme si ça se voyait comme le nez au milieu du visage.

— Quoi donc ? sourit Lucie.

— Bah, que j'ai failli y laisser ma peau !

— Moi, c'est beaucoup plus simple…, chuchota Dominique. Je ne vois plus personne… À part venir ici… »

Un silence.

« Et vous, Susie ? Ça se passe bien, dans cet appartement ? Votre peinture ?

Susie fit la moue :

« J'aimerais me faire plus confiance… Parfois je crois voir ou entendre certaines choses.

— Comme ? »

Susie haussa les épaules.

— Oh rien… Je ne sais pas…

— Bon. » Lucie joua avec son stylo, comme pour rassembler ses idées. « Vous êtes tous encore enfermés dans votre mémoire traumatique. Elle est là, imprévisible et despotique. Elle observa une pause. J'aimerais vous faire réfléchir à cette phrase de René Char : "Il faut s'établir à l'extérieur de soi, au bord des larmes." »

*Juste à côté de soi* : voilà la bonne posture.

Sa voix se fit plus douce.

« Maintenant, nous allons débuter. Asseyez-vous confortablement en cercle, autour de moi, dos droit, fermez les yeux. Namasté. Les mains en prière, pensez à une intention positive. Pour vous, ou pour quelqu'un qui souffre. »

Le dos droit, les mains jointes, Susie pensa à sa mère, confite dans son chagrin. À Granny souffrant de dégénérescence maculaire, qui ne pouvait plus lire un livre. À elle, enfin. Il y avait tant de gens qui méritaient une intention de prière.

# II

## L'esquisse

*« Un trompe-l'œil s'articule en deux temps : tromper, puis détromper votre spectateur. Pour créer la surprise, il vous faudra non seulement respecter les proportions au millimètre près, mais vous laisser duper vous aussi, de telle sorte que, de votre pinceau, il sortira quelque chose de terriblement vivant. »*

La Bible des Fresques

# CHAPITRE 7

## Prophétique

Le mardi suivant, à 12 h 30, alors que Susie attendait son tour à la boulangerie – elle hésitait encore : sandwich norvégien saumon-crudités ou salade de pâtes aux olives –, une violente crampe la saisit. Son ventre se mit à durcir comme de l'argile. La voix de la boulangère résonna à ses oreilles de façon disharmonieuse, l'odeur de pain chaud la submergea jusqu'à la nausée. Elle rebroussa brutalement la longue file d'attente en marmonnant des excuses à haute voix – pardon, désolée, vraiment confuse – des mots qu'elle aurait aimé adresser à son ventre, à la vie qui s'y était arrimée. Depuis quelques semaines, elle n'avait fait que repousser, farouchement, la moindre *pensée* en lien avec *ça*.

Elle renonça à téléphoner à sa gynécologue, une affective en chignon qui n'aurait pas manqué de la sermonner après s'être réjouie : « Oh Susie, après tant de souffrances, quelle bonne nouvelle. » À deux rues de là, se trouvait un cabinet d'échographie devant lequel elle passait chaque jour, pour se rendre chez Jeanne-Marie S. Elle se dirigea déterminée vers la secrétaire aux ongles laqués. Non, elle n'était pas envoyée par un médecin, non, elle ne savait pas si elle allait garder le bébé, oui, elle avait reçu ce matin un « coup de poignard ».

Elle répéta « coup de poignard », et le mot pénétra en elle, jusqu'à l'arrière du nombril.

La secrétaire la regardait d'un air navré.

« Vous avez de la chance – Susie eut envie de rire –, j'ai justement une patiente qui vient d'annuler. Installez-vous, le médecin va vous prendre dans une petite demi-heure. »

Alors qu'elle patientait, Susie pensa à sa fresque, au grand appartement, à la chevalière en onyx, à la silhouette entraperçue dans l'ombre. Cela faisait quatre jours qu'elle n'y avait pas remis les pieds.

Le bébé, sur l'écran, ressemblait à un gros haricot allongé, avec un petit renflement au niveau de la tête. Tandis que l'échographiste passait scrupuleusement la sonde sur son ventre, appuyant de-ci de-là, son poignet effleurant son ventre désagréablement, et que les battements du cœur du fœtus retentissaient comme des détonations sous l'eau, elle pensa à une toile d'Hervé Fischer, *Métanalyse* – un fœtus tout rond et blanc comme un œuf.

Arrête de coder le monde. On dirait une informaticienne, lui reprochait Milad. Comment peux-tu te laisser aller à l'amour, si tu fuis tout le temps ?

Elle observa l'écran scintillant, devant elle. L'œil noir comme un pruneau ressemblait à celui d'un lapin mort.

Le médecin lui indiqua le point minuscule du cœur, les deux brindilles des poumons naissants, tournant sa tête glabre vers celle de Susie d'un air inquisiteur. *Tout allait très bien.* Il attendait manifestement un élan d'enthousiasme maternel.

« Ne traînez pas, cela risque d'être trop tard », reprit-il. La sonde en l'air, comme un gigantesque point d'interrogation, il ajouta : « Mais, à mon avis, vous allez le garder. Sinon, vous n'auriez jamais réalisé une première échographie. »

La giclée de gel sur son ventre lui parut soudain glacée. Elle le détesta.

Il allongea son bras piqueté de poils noirs vers une boîte en inox, arracha quelques feuilles qu'il déposa sur son ventre, lui suggérant de se nettoyer et de se rhabiller avant d'aller voir la secrétaire.

Furieuse, elle regagna le vestiaire – sans même prendre le temps de jeter la boule de papier dans la corbeille, enfila sa tunique dans ce placard sans fenêtre, et observa son reflet dans le minuscule miroir. Une trace noire lui barrait la joue. Elle était sortie ainsi de chez Jeanne-Marie. Elle la nettoya, ajusta son turban, zippa ses bottines, puis regagna le monde des bavards.

Investie d'une force intérieure toute neuve, elle rentra chez elle et ralluma son téléphone (qu'elle avait consciencieusement éteint dans le vestiaire). Quatre nouveaux messages : deux étaient de Xavier Wagner. Elle se remémora la silhouette maigre dans le grand appartement, et l'effroi la saisit à nouveau.

« Mademoiselle Pritt, disait la voix sans timbre. Il semble que vous n'ayez pas beaucoup avancé sur notre fresque, cela est inquiétant. Si vous ne souhaitez pas donner suite, je vous prierais de bien vouloir me le signaler très rapidement, afin que je puisse, soit trouver une solution par ailleurs, soit vous demander de recouvrir les murs de leur peinture d'origine, bien à vous. »

Ah ah !, pensa Susie, la colère montant en elle. Ce vieil imbécile enregistre un message comme il dicterait un courrier à son assistante ! Hier, elle avait déjà reçu deux appels sans message. Numéro inconnu. C'était certainement lui.

« Très bien, tu l'auras voulu », marmonna-t-elle. N'était-ce pas décidément une belle journée pour éclaircir les zones d'ombre !

Les doigts tremblants, elle rappela, et une voix féminine répondit. Surprise, elle demanda :

« Pourrais-je parler à M. Wagner ?

— Le Président est en réunion. Qui est à l'appareil ?

— Je ne suis pas sur son portable ? fit Susie, excédée.

— Absolument. Qui est à l'appareil ?

— À quelle heure M. Wagner sortira-t-il de réunion ?

— Vous qui ne me répondez pas, sachez simplement qu'il est attendu à Londres en fin d'après-midi. Je doute vraiment qu'il puisse vous contacter d'ici-là.

— Dites-lui que c'est à propos du jeune homme au skate-board.

— Le jeune homme au skate-board ?

— Le jeune homme au skate-board », répéta Susie.

Elle se sentait irradier d'une cruauté nouvelle. À moins que ce ne fût la résurgence de la Susie d'avant, l'effrontée pas tout à fait sortie de la sauvagerie de l'enfance. N'était-ce pas l'expression d'un triomphe à bas bruit ; la revanche sur cet homme qui l'avait traitée de haut ? Elle n'avait plus à minauder pour remporter le marché, elle allait le quitter.

Elle entendit quelques notes de Schubert.

« Je vous passe M. Wagner.

— Mademoiselle Pritt, dit-il aussitôt d'une voix aigre, je vous ai attendue en vain ce matin. J'ai l'habitude de travailler avec des collaborateurs en qui j'ai toute confiance. Il me semble bien que vous ayez abandonné la partie, n'est-ce pas ? ».

À côté d'elle, M. Paul voletait bruyamment dans sa cage.

Quand l'ambiance était tendue, quand la colère montait, et que l'angoisse la submergeait, le volatile se jetait bruyamment d'un bout à l'autre de sa volière, en appelant Esther et en proférant les insanités qu'elle lui avait enseignées il y a quelques années : « Ta gueule, mon amouuuuur », « joli petit cul ».

Priant pour que le mainate se calme, Susie marmotta :

« J'ai aperçu… une silhouette dans votre appartement. Moi qui étais censée… être seule pour travailler, j'ai eu très peur. Qu'est-ce que c'est que cette histoire ?! »

…

« Monsieur Wagner, vous êtes là ? »

Tout s'était figé : le temps, le sang dans ses veines et même les pulsations de son cœur. Elle n'entendait plus que les battements d'ailes frénétiques de M. Paul.

Il lâcha dans un souffle : « Vous ne l'avez pas encore deviné ? C'est Niels, mon fils. »

# CHAPITRE 8

## Généalogique

LE RENDEZ-VOUS AVAIT ÉTÉ FIXÉ À 14 HEURES, trop tard pour un déjeuner, trop tôt pour un café. Susie, dans le doute, avait grappillé dans son réfrigérateur une demi-tranche de jambon cru et trois tomates cerises. À partir de midi, un gouffre se creusait en elle, et ce, elle devait bien se l'avouer, depuis l'échographie.

En grimpant la volée de marches qui la menait à la porte cochère – mon Dieu, ses chaussures pesaient une tonne, maintenant –, elle pria pour ne pas croiser Mme Robert – et fut exaucée. À peine eut-elle pénétré dans le vaste hall que l'odeur puissante de l'encaustique lui retourna l'estomac. La gardienne faisait le grand ménage dans les escaliers. Elle se tint aux parois du mur en avançant à petits pas pour ne pas glisser.

Devant la haute porte, au cinquième étage, elle se figea. Devait-elle appuyer sur la sonnette, toquer à la porte, ou ouvrir avec sa clé ? Elle se sentait, ce matin-là, pleine de délicatesse envers son triste commanditaire.

Après avoir entendu sa confession, il y a deux jours, elle était restée sans voix, interdite, le regard fixé sur la baie vitrée, observant la pluie frapper sur le toit en ardoise du bâtiment d'en face.

Elle avait ensuite déposé son téléphone sur la table, rangé ses croquis dans son carton à dessins. Puis, elle avait regagné la cuisine, jeté quelques graines dans la gamelle de M. Paul, avant de se préparer un thé bien fort et sucré. Ça n'est qu'en le sirotant qu'elle avait enfin compris la portée de la confidence. Le fils Wagner n'était pas sorti de sa chambre depuis treize mois.

Petite fille, c'était sûr, elle avait pu ressentir les choses au moment où elles se produisaient. Mais, depuis deux ans, il semblait qu'un mur invisible se fût érigé en elle. Elle observait ses propres émotions comme un biologiste recueille une goutte de sang sur une lame, avant de la glisser sous la lunette du microscope. Qu'est-ce qu'elle pouvait avoir l'air bête, à regarder passer les trains, à attendre ainsi que monsieur le technicien identifie un à un les sursauts de son âme, de crainte qu'ils ne transportent quelque germe explosif.

Elle avait alors repris son téléphone, pianoté un SMS, s'excusant, platement. Puis elle avait attendu qu'on la rappelle.

Sans doute allait-elle tout simplement recouvrir le dessin de peinture blanche. À moins que Milad ne poursuive l'aventure. L'idée du rendez-vous était venue d'elle. Elle voulait juste comprendre. Elle était donc là, le souffle court, à se demander encore si elle devait frapper ou sonner, quand la lourde porte s'ouvrit.

Une femme se tenait là. Âgée d'une petite quarantaine d'années, elle était coiffée d'un carré court et plongeant, qui mettait en valeur des yeux bleu très clair. Ses paupières étaient un peu lourdes, mais ses dents régulières et blanches. Sa poignée de main était ferme comme si elle se présentait devant une femme d'affaires.

« Irène Wagner », dit-elle, puis, avec un imperceptible haussement d'épaules : « La mère. »

Quand elle se retourna, lentement, un sillage de bois de santal et d'eau de rose envahit le hall d'entrée.

« Je vous emmène dans la cuisine, Sun Hi vous a préparé quelque chose. »

Susie lui emboîta le pas.

« Non merci, j'ai déjà déjeuné.

— Ah... Un thé, dans ce cas ? »

Susie s'arrêta.

« J'aimerais bien m'installer devant la fresque... vérifier le déplacement de la lumière sur les collines. En revanche... j'ai très peu de temps.

— Oh, mais bien entendu ! » répondit Irène Wagner.

Susie était déterminée : elle allait quitter les Wagner, renoncer à ce 360 et allait l'annoncer dès que possible à son hôtesse.

Elles s'assirent côte à côte sur le canapé, face à la fresque. Le bleu des yeux d'Irène, constata Susie, était le même que celui du faux ciel derrière la colline. Cette femme aurait été magnifique allongée sur le sable de Malibu, la tête renversée en arrière, dans un grand éclat de rire, offrant son visage au soleil.

Elle portait un chemisier satiné marron glacé, largement décolleté et une jupe jusqu'aux genoux, d'un ton plus clair, qui dévoilait des jambes très fines aux articulations de poupée. Ses ongles manucurés étaient vernis de beige nacré. Simple, chic, et cher, songea Susie. C'était une femme qui devait confier son corps aux meilleurs spécialistes.

Irène Wagner allongea sa main pour démêler les franges du plaid, méthodiquement, nerveusement. Elle portait au majeur une émeraude ovale retenue par des griffes en or blanc.

« Donc, vous l'avez vu.

— Entraperçu, la reprit Susie. Juste entraperçu. »

Irène Wagner attendait la suite, mais Susie pinçait les lèvres. Elle n'allait pas lui dire « J'aurais pu faire pipi sous moi, tellement j'ai eu peur ». Non, c'est à elle que l'on devait des explications.

Irène Wagner hochait la tête. Le chat bondit sur ses genoux – comme si elle l'avait appelé à l'aide. La main quitta le plaid pour se déposer sur l'échine de l'animal. Ses joues, ses lèvres étaient agitées de discrets tressaillements ; comme si les mots y tentaient une percée, à droite, à gauche, pour finalement renoncer.

Elle put, enfin, au bout de longues minutes, se mettre à raconter. Elle parlait de façon hachée, sans tourner autour du pot, comme si elle avait déjà épuisé toutes les hypothèses et que le plus sûr, maintenant, c'était de dire les choses brutalement, en acceptant la traîtrise de la langue.

C'était bien Niels, qu'elle avait croisé dans le fond de l'appartement. Niels qui – elle leva les yeux au ciel, soupira –, qui avait en quelque sorte disparu dans sa chambre. Ça n'est pas qu'il ne voulait pas, mais il ne pouvait plus sortir. Il était loin d'être le seul : au Japon, ils étaient près de 500 000, peut-être même plus à s'enfermer chez eux. On les appelait les *hikikomoris.* Des millions dans le monde. Et ici… Des dizaines de milliers probablement. On ne savait pas exactement.

Elle s'interrompit, gratta méthodiquement le menton du chaton tandis qu'un ronronnement puissant s'élevait dans la pièce.

Susie hochait la tête silencieusement, en regardant les yeux bleus de la mère se remplir de larmes, comme un glacier fond lentement.

« Mais, intervint-elle. Je ne comprends pas.

— J'ai essayé tant de fois d'en parler, répondit Irène Wagner, comme si elle poursuivait un dialogue avec elle-même. Mais les mots ne peuvent rendre compte de la réalité. Car tout ça est complètement fou. Personne ne peut s'imaginer ça. Si je vous dis "enfermé dans sa chambre", vous imaginez la colère, la musique, les claquements de porte, la nourriture partout. Les cris. Mais non. Derrière les murs, il n'y a plus rien. Quand je suis allée dans ce groupe de parole, à la clinique, une mère a dit : "Je suis en deuil. Il est là, juste à côté, mais je l'ai perdu." C'est exactement ça. »

Susie prit appui sur les deux bras du fauteuil – sa hanche picotait, comme si le sang avait du mal à y circuler. Une légère nausée la reprenait.

« Je vais aller préparer un thé.

— Non, laissez-moi faire. »

Dans la cuisine, Irène remplit la bouilloire étincelante, puis versa l'eau frémissante sur les brindilles noires et les petites lamelles de citron séché. Elle ouvrit la porte du placard supérieur, et en sortit un sachet de madeleines à la pistache.

« Quant à moi... Il va me falloir quelque chose de plus fort. »

Elle ouvrit le réfrigérateur, empoigna une bouteille de vin pétillant déjà entamée, et convia Susie à prendre place autour de la table – « Je vous en prie, là nous serons bien. » Elle se versa un verre, qu'elle vida d'un trait, avant de l'emplir à nouveau.

« Vous savez, reprit-elle enfin, on ne s'enferme pas du jour au lendemain. Il a commencé à être en retard. Le matin. Puis le matin et le midi. Puis le soir, pour rentrer à la maison. Vivre était devenu… laborieux, semble-t-il.

« Le matin, j'avais pris l'habitude de le réveiller deux heures avant le début des cours. Je regardais la porte grise, je voyais l'heure tourner, je criais : il ne te reste que dix minutes ! Il finissait par sortir pour s'enfermer dans la salle de bains. J'écoutais l'eau couler, le frottement du savon, le ruissellement sur la peau, le grincement du robinet. Tout, j'entendais tout. Il pouvait rattraper la seconde heure du cours de maths. Je lui criais, derrière la porte, qu'il pouvait rattraper la seconde heure. Et là, j'entendais… le bourdonnement du sèche-cheveux. N'importe quel parent y aurait décelé une forme de provocation muette. Alors, forcément… »

Irène Wagner avala une gorgée, déglutit en prenant son temps, puis tourna son verre entre ses doigts.

« On devenait hystériques », poursuivit-elle avec un rire sombre. « Imaginez-vous qu'il nous est arrivé d'ouvrir la porte avec la lame d'un couteau, de le sortir de là en hurlant… Et Axelle, qui se rencognait dans sa chambre, affolée sans doute… On le tirait, on le sortait de là, l'un tirant par les bras, l'autre les jambes… Et lui qui ne réagissait pas… »

Elle secoua la tête. « Oh, bien entendu, nous n'aurions jamais dû faire cela. Cela n'a probablement pas arrangé les choses.

« Au fond, tout était déjà écrit… Il a toujours été si discrètement ailleurs. Si… farouchement opposant. À dix-huit mois, il a décidé de ne manger que des flans à la vanille. La guerre a duré trois mois. Trois mois à voir un bébé détourner la tête, pincer les lèvres. La pédiatre a demandé de ne pas intervenir. Ne pas créer de blocage. Puis, à dix ans, en classe de neige, il a fait son sac à cinq heures du matin et quitté le dortoir. Comme ça, pour rien. Le directeur l'a retrouvé sur la route, son petit sac sur le dos, en train de faire du stop… À quinze ans nous l'escortions, comme deux policiers, à la porte du lycée. Et bien entendu, il décampait dès que nous tournions les talons. Nous l'avons appris par le courrier… ça, je vous l'ai déjà dit, non ? Je vous ai parlé, des enveloppes du lycée ? On les redoutait comme les lettres anonymes d'un maître chanteur. Les lettres dénonciatrices, qui recensaient les heures et les heures d'absence.

« Il partait le matin, rentrait le soir. Où allait-il ? Que faisait-il ? Il a abandonné tout, progressivement. L'école, bien sûr. Puis, le piano. Puis l'escrime. Puis la guitare, tout ce qu'il aimait. C'est à cette époque, que nous l'avons emmené dans cette nouvelle clinique pour les jeunes, à côté. »

La main de Susie se crispa sur l'accoudoir.

« La Maison Bleue ?

— Oui, c'est ça. Vous la connaissez ? Il y a eu beaucoup de reportages au moment de l'inauguration, il y a un ou deux ans.

— J'y ai animé un atelier de peinture. »

Irène Wagner rit d'un air triste.

« Je crois que tous les parents désespérés se sont retrouvés là-bas avec leurs rejetons ! Mais quelle coïncidence, tout de même ! »

Susie, elle, n'était pas si surprise. Non seulement la Maison Bleue n'était qu'à quelques pâtés de maisons et avait eu les honneurs des médias, mais surtout, depuis le 13 novembre 2015, elle avait l'impression confuse d'avoir rallié un monde étrange, à la lisière du visible et de l'invisible où tout se rejoignait. Niels, la peinture, la clinique… Il y avait un sens par-delà le chaos, et ce sens, elle le pressentait, était d'une façon ou une autre lié à Esther.

« L'année dernière, il est tombé malade… » Irène attrapa une madeleine, la contempla, la reposa. « Oh, trois fois rien. Il avait de la fièvre, mal à la gorge. Comme j'ai aimé cette période ! Quand je rentrais, je frappais à la porte. Vous comprenez, c'est si rassurant, la maladie physique… Le corps à soigner, ça rapproche. J'ai cru qu'on en sortirait.

— Mais il s'est verrouillé », assena Susie.

Irène Wagner leva le menton, comme surprise par la gifle du mot. « Évidemment, tout n'est pas aussi simple et les murs ne s'élèvent pas en une nuit. Mais oui, vous avez raison, reconnut-elle, cela a déclenché quelque chose. Le soir, il ne sortait plus de sa chambre pour dîner avec nous trois, prétextait un chapitre à finir, une partie en cours… Et puis, nous ne l'avons plus attendu. Je plaçais son assiette au réfrigérateur. Il picorait debout dans la cuisine ou venait chercher son repas pour manger loin de nos regards. Et puis… Un jour, il n'est plus venu du tout.

« Je frappais à sa porte, il criait "non". Tout simplement non. Alors je lui ai apporté son assiette. »

Elle baissa les yeux, réfléchit.

« Avec un peu d'imagination, et Dieu sait si nous l'avions développée, nous pouvions parfaitement reconstituer ses journées. Il y avait le grincement du sommier le matin, le claquement des ressorts, le gémissement du store électrique, les craquements du plancher, le clapotis de l'eau dans l'évier, le frottement de la brosse à dents sur l'émail, le cliquetis des ongles sur le clavier.

« Même le bruit des paupières qui se referment, je vous jure, je l'ai entendu. Il y a eu des sanglots rauques, des grognements, des sortes de crissements, des raclements… Et puis… progressivement, les bruits humains ont disparu. »

Irène parlait de plus en plus fort. Elle remplit à nouveau son verre.

« Face à ce silence, son père est devenu enragé. À force de taper dans la porte, il l'a abîmée, un trou, en bas. Niels a poussé un hurlement… » Elle soupira : « Ça m'avait fait beaucoup de bien, je me souviens, ce cri. Mais nous ne l'avons plus jamais revu…

— Et… ses amis du lycée ?

— Quand je lui ai demandé s'il souhaitait les voir, Niels m'a glissé un mot par la porte : Oubliez-moi. Dis-leur que je suis parti. Sinon je me jette par la fenêtre. »

Irène cacha son visage entre ses mains.

« C'est à ce moment-là que j'ai contacté une association de parents. On m'a envoyé le docteur Naruto, spécialiste des "retirants sociaux". À 14 h 15, il vient, tous les jours. Il s'assied, il lui parle devant la porte. »

Susie hocha la tête. Elle se remémora l'homme croisé il y a quelques semaines dans le hall de l'immeuble, silhouette courte et trapue, cheveux gris ramenés vers l'arrière.

« Et personne n'a cherché à venir le voir ? » répéta-t-elle, incrédule.

Irène se pencha pour fixer Susie droit dans les yeux. « Ils ne savent *rien.* » Elle appuyait sur « rien » d'un regard un peu fou. « Oh, ne me regardez pas de cet air effarouché, c'est facile, de juger ! Je vous garantis que c'est mieux comme ça. Une chose est sûre : vous seule l'avez vu. Et c'est tout ce qui m'importe. »

Après avoir avalé une gorgée de thé brûlant, Susie se défendit d'un geste :

« Je l'ai aperçu là, dans l'obscurité (elle indiquait le fond du couloir). Il m'a fait tellement peur ! J'ai cru… que… qu'il allait me tuer ! Vous vous rendez compte ? »

Irène soutint son regard.

« Est-ce que vous savez pourquoi… Pourquoi il est devenu comme ça ? reprit Susie.

— Je ne sais qu'une chose : il s'ennuyait mortellement à l'école. Peut-être a-t-il été harcelé ? Humilié ? Je ne sais pas. Avec nous, c'était le black-out total. Vous savez, ce sont des enfants supérieurement sensibles et intelligents à qui ça arrive. Soit ils disparaissent à l'autre bout du monde, soit ils… s'enferment. Ils ne veulent plus rien avoir à faire… avec personne. Ils rendent copie blanche partout.

— Mais vous… Vous habitez ici ? Avec votre fille ? »

Irène secoua la tête :

« Non, non. Plus maintenant. Je ne pouvais plus regarder cette porte grise sans sentir mon estomac se tordre. Et Axelle… Axelle a fait son entrée dans un autre collège. Je ne voulais pas l'abîmer.

« Vous comprenez, elle a tellement souffert. Elle hurlait, elle aussi derrière la porte, de sa petite voix de fée. Elle pleurait : "Niels, tu viens manger, pourquoi tu ne viens pas, c'est trop triste sans toi. Ne me laisse pas toute seule." Dans les drames, voyez-vous, on oublie trop souvent les frères et sœurs. »

Susie écorna une madeleine, du bout des doigts, la gorge serrée.

« J'ai tellement hâte qu'il sorte… Mais certains jeunes sont enfermés depuis trois, quatre ans et parfois plus. J'ai tout fait… Je lui ai proposé que l'on déménage aux États-Unis, en Corée… C'est idiot, hein… Et puis, j'ai entendu parler de vous. Quand vous aurez fini votre travail, quand le mur sera peint, nous lui proposerons d'emménager dans cette pièce. Ce sera peut-être – je dis bien peut-être – une transition vers l'extérieur. Cela vous semble fou ? Savez-vous que lorsque nous lui avons proposé la fresque, il a répondu "oui". Un petit "oui", derrière la porte. C'était extraordinaire, ce jour-là... »

Susie hochait la tête, abasourdie.

« Pourquoi ne m'avez-vous rien dit, dès le premier jour ?

— Seriez-vous venue chez des particuliers, qui vous auraient raconté cette histoire de hikikomori ? Franchement ? »

Susie redressa la poitrine.

« Vous pensez que je peux l'aider à sortir ?

— Vous l'avez entraperçu..., répéta-t-elle. Mais rassurez-vous, je ne vous demande pas de miracle. Juste de terminer votre travail. » Elle s'interrompit, le glacier recommençait à fondre. Susie regardait les coussinets des paupières : c'était donc là qu'elle les cachait, ses pleurs.

Irène tamponna ses yeux du bout des doigts, comme pour y faire rentrer à nouveau les larmes.

« J'ai très peur de ce qu'il est devenu. J'en fais des cauchemars. Ses dents se sont-elles abîmées ? Ses ongles ont-ils poussé comme des griffes ? Est-ce qu'il pèse 35 kilos, ou bien 80 ? Quelle métamorphose cela engendre, de vivre sans lumière ? »

Les larmes coulaient silencieusement. Susie regardait les deux petits ruisseaux traçant leur route sur la terracotta. Elle allongea la main, sans oser toucher son hôtesse. Elles étaient séparées par un vide immense de quelques centimètres.

« D'accord, fit Susie. Je finirai mon travail. »

Irène ferma les paupières, comme pour laisser pénétrer les mots en elle, et lui serra la main brusquement.

« Il va me falloir trois ou quatre jours pour digérer. Je suis comme ça.

— Je comprends, vraiment oui, je comprends. Prenez le temps qu'il vous faudra. Mais, s'il vous plaît, revenez...

Je pense qu'il est sorti de sa chambre pour vous voir, vous. Et j'ignore pourquoi. »

La mère eut un sourire qui dévasta le cœur de Susie. La jeune peintre attrapa son cabas, tendit la main, et regarda une dernière fois cette mère qu'aucun expert n'avait su consoler.

# CHAPITRE 9

## Subaquatique

IL ÉTAIT 15 H 30, Susie nageait au beau milieu des vagues, au large de l'océan Pacifique. Sur sa palette, elle avait déposé du bleu, du jaune une touche de noir pour la colère. La mer était puissante, traître, démontée.

Elle se souvenait de ces heures inondées de soleil, sur la plage, puis tel un rapace déploie ses ailes, le bleu du ciel virant au noir d'encre, les vagues en furie. Un jour, elle avait été emportée par une lame de fond, roulée cul par-dessus tête, suffoquant, ne parvenant pas à remonter. Elle avait pensé : « C'est impossible, je ne vais pas mourir maintenant » – car il n'y a pas d'âge pour ces idées-là – jusqu'au moment où elle avait vu deux paires de jambes : celles de son père, hérissées de poils bruns, et celles d'Esther, douces et blondes, auxquelles elle s'était agrippée. Sa sœur l'avait aidée à se relever, et, avec son petit menton pointu, elle lui avait lancé :

« Maman te l'avait dit, c'est drapeau orange, pourquoi tu es partie si loin ? »

Esther ne franchissait jamais la ligne rouge, fièrement campée dans le monde des vivants. Susie était de l'autre côté, elle. Elle avait depuis longtemps pactisé avec la mort, animée d'une sorte de curiosité morbide dans laquelle elle puisait paradoxalement sa force de vie. Sans doute certains étaient-ils nés avec cette mission secrète, sans doute certains étaient-ils là pour déchirer le voile. C'était elle, Susie, qui avait tenu la main de son grand-père quand Granny n'en pouvait plus ; c'était elle qui, comme le médecin le lui avait conseillé, avait humecté les lèvres du vieil homme avec un mouchoir imbibé d'eau ; c'était elle qui était restée là, jusqu'au moment où son teint était devenu cireux.

Susie échangea sa brosse plate contre un pinceau plus fin et plus rond. L'écume, maintenant. Quelques touches de blanc, du gris, puis une goutte de térébenthine, pour percer les trous : le pigment s'étala, bougea – comme les flots. Il ne resterait plus qu'à faire gicler quelques gouttes de blanc avec une brosse à dents.

Elle fit quelques pas, pour se dégourdir les jambes, le chat sur ses talons. Au fond du couloir, la porte grise.

Quand elle l'observait, une onde étrange parcourait son corps. Elle y puisait l'énergie, l'inspiration, et même la force de la houle, pour dessiner l'océan. Et quand elle s'en approchait, un dialogue tacite se mettait en route – sans qu'elle sache si c'était avec le jeune homme, ou avec elle-même.

« Un peu plus d'écume ? — Ça ira, merci. — Je me demande si les vagues ne sont pas trop fortes. — Vous verrez bien demain, il sera toujours temps d'adoucir cette violence. — Et le Trois-Mâts ? Pas trop anachronique, dans ce paysage ? — Pas du tout, c'est l'espace du rêve, justement. Un horizon à hauteur d'homme. C'est bien ce que vous cherchiez, non ? »

Elle observait la porte, de longues minutes jusqu'au moment où un petit moucheté scintillant, dans ses yeux, venait infiltrer le gris. C'était le centre du monde, le lieu de tous les contraires. Elle voulait que cette porte s'ouvre, elle voulait qu'elle ne s'ouvre jamais. Elle se sentait épiée, mais elle n'avait jamais été si seule. Elle lui faisait horreur, elle lui faisait envie. Toujours elle y retournait.

Comment nommer ce silence ? Et à quoi ressemblait-il ? À une condensation de larmes, un chagrin pris en masse qui barrait l'accès à la porte grise ? Était-il composé de cette matière noire, qui donnait sens et force à notre monde ?

Susie se demandait ce qui se passerait si elle actionnait brutalement la poignée. Le cœur de Niels s'arrêterait-il de battre instantanément, comme si, telle la Parque, elle avait coupé le fil de sa vie ?

Une nuit, elle avait rêvé qu'en ouvrant cette porte, une masse d'eau s'était engouffrée dans le couloir, portant un monstre amphibien aux mains palmées.

Dans le salon, elle reprenait les albums photos de Niels, observait la crête du nez droit, les yeux en amande, les petits paquets de cheveux collés par la sueur sur le front, le torse mince, le short un peu large. Quel beau petit garçon. Et quel adolescent magnifique. Élancé, fin, musclé sans être musculeux.

De quoi avait-il l'air, maintenant ? Était-il seulement possible de survivre sans qu'un seul regard humain ne se soit posé sur vos joues, vos yeux, votre corps, pendant des mois et des mois ?

Il y a deux jours, elle avait entendu la porte d'entrée s'ouvrir. Elle en était restée, sur sa plateforme, pétrifiée, comme prise dans la lave. Elle avait vu un homme trottiner dans le couloir. Le docteur Naruto. Il lui avait adressé un simple hochement de tête et avait poursuivi sa route. Sans doute avait-il été informé qu'une peintre avait accès libre dorénavant à l'appartement. Elle avait poursuivi son travail, aux aguets. Elle avait entendu le raclement d'une chaise, sur le parquet, puis la voix douce du médecin.

Il avait parlé du dehors, de la pluie de pétales roses du marronnier qui, d'un simple coup de vent, était tombée sur le jardin du Luxembourg. Susie avait eu les larmes aux yeux, non par la portée de ces propos, mais en imaginant la réaction du jeune homme, derrière la porte. Buvait-il ces paroles, les yeux fermés, allongé sur son lit ?

Le docteur Naruto avait ensuite rangé la chaise dans le couloir, dans le même raclement, et l'avait saluée à nouveau en passant devant le salon.

Il était resté 30 minutes montre en main.

Susie avait alors déchiré une feuille de son calepin : « Il fait beau aussi dedans. Pourquoi ne pas jeter un coup d'œil sur ma fresque ? Vous y serez bien. » Elle avait glissé la feuille sous la porte grise. Et puis, elle était partie – vite.

L'appartement de Jeanne-Marie lui sembla plus petit que la dernière fois, plus obscur et resserré sur lui-même. Elle fit une première halte dans le couloir, où elle laissa son caddie, puis une seconde dans la salle de bains – où séchaient des culottes en dentelle et un soutien-gorge à balconnets.

Elle savonna ses mains avant d'entrer dans la chambre conjugale, tout au bout de l'appartement. Les stores étaient à demi baissés, et la housse de couette avait été changée : couleur terre de Sienne, comme pour s'accorder à la fresque à venir.

Son mur était là… Beau, tout propre ! Le nu, ce magnifique Nu qu'elle avait esquissé au crayon, paradait sur la surface, surligné par le ruban de masquage bleu roi d'un côté, jaune d'or de l'autre – travail préparatoire indispensable pour ne pas « dépasser », comme disent les enfants. Elle n'aurait plus qu'à tracer la silhouette, du bout de son pinceau. Elle s'en réjouissait à l'avance. Et ensuite, les oranges.

Elle observa sur la coiffeuse quelques photos dans leurs cadres : deux adolescents, un quinquagénaire au teint hâlé et au nez camus, la main sur la barre du catamaran. Pourquoi fallait-il toujours que les vieux beaux pérorent crânement sur un bateau à partir de cinquante-cinq ans, le teint buriné, le vent dans les cheveux ? Il ne manquait plus que la Porsche.

Au travail, maintenant. Elle s'assit sur le lit pour fixer son masque de protection, maugréa pour la énième fois sur la puissante et écœurante odeur de caoutchouc, s'accroupit, dévissa le bocal de térébenthine, puis, accroupie devant sa palette, fit jaillir du « noir de fumée » qu'elle écrasa avec une pointe d'outremer. Elle savait que ce mariage engendrait un noir paisible et lumineux – rien de macabre. Elle choisit ensuite son pinceau tout rond en soie de porc. Elle n'avait qu'à se laisser guider entre les deux rives de bande collante.

Perchée sur l'escabeau, elle débuta par la forme de la tête – comme un 9 –, traça l'inflexion des épaules, le coude, puis du poignet entreprit la taille, la courbure de la cuisse, longue et fuselée, caressa les deux globes du bout de son pinceau humide. Le sein droit, un ovale irrégulier, puis le sein gauche – qui rappelait la rondeur et le velouté de l'orange.

Un jour, Esther, qui devait avoir douze ou treize ans, lui avait demandé : « Tu as des seins comment, toi ? En forme de pomme ou en poire ? » Susie avait haussé les épaules. « Pourquoi tu me demandes ça ? ». Esther avait réprimé un sanglot : « Parce que les miens ne sont pas pareils, j'en ai un plus petit que l'autre. » Susie se souvenait l'avoir bercée contre elle : « Mais, Esther, nous ne sommes pas symétriques ! Nous serions monstrueux, si nos deux côtés étaient pareils. Regarde, j'ai un œil plus petit que l'autre »… Elle avait grimacé comme Quasimodo pour la faire rire. Susie regrettait maintenant de ne pas lui avoir parlé de Matisse…

Elle trempa le bout de son pinceau sur la palette, éclaboussa le centre du sein, piqua le mamelon. Égratigna, griffa du bout de son ongle sur l'aréole. Une chaleur montait en elle, *Que m'arrive-t-il.* Elle pressa ses seins entre ses mains. *C'est ridicule.* Elle descendit de l'escabeau, déposa son pinceau par terre, tranquillement, comme pour prolonger encore un peu cette vague qui déferlait en elle, puis respira lentement comme elle avait appris à le faire. Elle entendait son cœur battre la chamade – les mêmes battements qu'elle avait perçus à l'échographie.

Quelque chose s'effondrait en elle…

Petite, elle avait été attrapée à dessiner dans les toilettes du collège. « J'ai dessiné un sexe d'homme », avait-elle chuchoté à une amie. Elles en avaient ricané en classe. Et puis, quelques jours après, elle avait été appelée dans le bureau du proviseur. « On a reconnu votre style », lui avait dit la professeure de dessin. Elle avait rapidement avoué son forfait. Sa vocation pourtant n'était apparue que bien plus tard. Et voilà que maintenant elle récupérait quoi… un gamin qui passait peut-être ses journées à mater du porno amateur !

Elle appliqua la couleur sur la dernière orange. Dénoua son chignon et fit jaillir de la pointe de son épingle à cheveux une goutte de sang de son index, qu'elle mêla au pigment orange pour fouetter le tout. Orange sanguine, dit-elle, tout haut. Tu n'avais pas pensé à ça, hein, Henri Matisse ?

« Chère Madame,

Voici votre Nu. J'imagine très bien, à côté, un olivier, un oranger, ou, pour une touche plus exotique, un palmier. Si cela vous tente, je vous proposerai une maquette. Dans le cas contraire, je reviendrai dans deux jours pour la vernir. Pour info, sous l'influence de l'oxygène de la lumière, il se produira d'infimes craquelures et ridules sur la surface. Ne vous en inquiétez pas. Et sachez que le vernis ne pourra que retarder ce processus d'oxydation.

Je vous souhaite de très belles nuits, Susie P. »

# CHAPITRE 10

## Calligraphique

LA CLÉ, LE CODE, LE BADGE, LE CLAQUEMENT SEC. La grille hérissée de pointes dorées gronda lentement. Susie fit halte devant la loge, puis agita la main : « Bonjour madame Daniel, vous êtes là ? » Elle éprouva un élan de gratitude quand la gardienne entrebâilla la porte, avec son air de conspiratrice teinté d'admiration : « Alors, c'est le grand jour, vous allez débuter le jeune homme ? Non, pas encore ? Demain, alors ? »

Une certaine complicité s'était installée entre elles, le jour où Susie, ayant oublié sa clé, avait frappé au carreau. La gardienne lui avait ouvert d'un œil soupçonneux, et, fouillant dans un tiroir en ronchonnant, avait brandi triomphalement un trousseau puis, un gilet sur les épaules, était sortie rejoindre Susie. Il avait bien fallu causer, ouvrir la porte sous son regard, l'emmener dans le salon admirer la fresque, en ne sachant pas ni ce qu'en auraient pensé les propriétaires, ni, surtout, si la gardienne connaissait l'existence du jeune homme derrière la porte.

Mme Daniel s'était extasiée. Mon Dieu, comme il lui ressemblait… Rien que l'esquisse au crayon, c'était frappant. Pauvre garçon disparu Dieu sait où, avait-elle poursuivi. Devant l'insistance gourmande de la gardienne, Susie s'était demandé si elle savait, si elle la testait. Elle avait gardé le silence.

« Et vous avez déjà peint en extérieur ? Vous avez vu le mur en face ? La petite fille avec son bouquet ? C'est tellement joli !

— J'ai eu ma période street art, avait concédé Susie. Aujourd'hui, c'est mon compagnon qui…

— Pauvres artistes, avait maugréé Mme Daniel. Ils me font mal au cœur. Agenouillés parfois dans la poussière, et la gadoue. Ah là là, Paris… Parfois, il m'arrive de passer la serpillière deux fois dans la journée ! »

Susie n'avait pas osé dire que la pluie n'était pas pour grand-chose dans ce froid qui lui glaçait les os ; et que, depuis deux ans, elle ne se sentait bien qu'à l'intérieur – et encore fallait-il qu'elle l'ait domestiqué, cet intérieur, comme une hirondelle qui, après avoir tapissé son nid du bout de son bec, en connaît la moindre brindille.

Cet après-midi-là, après avoir grimpé les cinq étages, retiré ses baskets, enfilé ses chaussettes, caressé le chaton, elle regagna le petit salon, en tenant sous le bras son dossier « Palmiers californiens » où étaient rangées des images de troncs, agrandis au cinq centième. Leurs écailles ressemblaient à celles, rectangulaires, de ces tortues géantes qui s'ennuient dans les parcs animaliers.

Susie s'assit en tailleur, dévissa les tubes d'outremer et d'ambre brûlé, puis débuta sa tambouille, comme elle disait. Pour réaliser les jeunes palmes, elle mêla sur sa palette du bleu cyan et du jaune et obtint un beau vert franc. Ensuite, elle fouetta un mélange de bleu cyan et ocre pour peindre les feuilles du fond. Pour les feuilles fanées par le soleil, elle opta pour le mélange d'ocre, jaune de Naples avec une pointe de blanc. Lumineux, magnifique.

Elle aimait cette étape, qui lui donnait l'impression de franchir les siècles, et de se retrouver, petite main dans l'atelier de Vermeer, broyant avec un pilon la céruse ou la garance pour la transformer en fine poudre blanchâtre ou rouge vif, avant de l'étaler sur la palette avec un couteau de la taille d'une pelle à tarte pour lilliputiens. La magie débutait là.

C'est cela qui l'avait sauvée, depuis deux ans et demi : la recoloration du monde, ou plutôt le dévoilement de ses multiples nuances. La mort, elle, était criarde et tapageuse.

« Savez-vous pourquoi *Le Rouge et le Noir* interpelle tant les ados ? » lui avait demandé Sandra Martins, lors de leur premier rendez-vous. « C'est à cause du titre : rouge comme le sang, noir comme la mort. Leurs deux préoccupations. » Susie avait rétorqué que l'exact opposé c'était l'art. Qu'entre le rouge et le rose, il y avait des milliards de nuances, tout comme il y en avait des milliards entre la nostalgie et la mélancolie. La psychologue l'avait fixée de ses yeux clairs, comme si elle la voyait pour la première fois.

Pendant deux heures, Susie dessina le tronc, colora les cernes du palmier, inscrivit quelques veines dans le bois. Elle plissait les yeux, redescendait pour chercher dans son caddie le pigment adéquat, dévissa le capuchon du *precious grey*, un gris anthracite chargé de donner de la profondeur.

Susie respirait maintenant sous la brise californienne. Les palmes frémissaient, au rythme sensuel des vagues. Elle ferma les yeux l'espace d'un instant. J'y suis, pensa-t-elle.

Toute petite, chez Granny, elle avait grimpé un jour de canicule sur le vieux chêne. Elle y avait trouvé un nid de merles, tout sec, avec trois minuscules œufs gris bleuté. Elle l'avait descendu précautionneusement, en le tenant d'une main. Tu es folle, non, non, ça ne se fait pas, avait décrété Esther. Il fallait immédiatement replacer le nid où il était. Est-ce qu'elle n'entendait pas déjà le trille désespéré de la mère oiseau ? Elle allait mourir de chagrin. Vite, Susie était remontée, mais elle avait glissé. Les œufs écrasés par terre, son genou écorché contre la racine de l'arbre.

Granny était sortie affolée de la cuisine, comment une seule petite fille pouvait-elle provoquer autant de casse ? Et évidemment (elle avait levé les yeux au ciel), c'était Susie. Susie qui se perdait dans les allées des grands magasins, Susie qui, après avoir joué dans les vagues, ne retrouvait jamais le parasol, Susie qui s'arrêtait pour contempler les hérissons écrasés sur le bord de la route, Susie médusée devant la pourriture des fruits.

Esther avait du plomb dans la tête, elle. Et une santé de fer. C'était si vrai, songeait Susie. Même la nuit, elle dormait comme une fée, il fallait la voir, sourire aux lèvres, respirer régulièrement.

Ça ne l'avait pas empêchée de mourir d'un coup.

Susie avait le tournis, son ventre la tiraillait. Mais surtout, perchée sur la plateforme, le poignet légèrement arqué, le bras à la verticale, elle souffrait d'une tension musculaire qui irradiait du poignet jusqu'au coude, s'insinuait jusqu'au biceps, flambait jusqu'à l'épaule. La douleur qui, miraculeusement, s'était tue jusqu'au dernier cerne du palmier, s'élançait maintenant et gagnait tout son corps.

C'était fini. Le tronc était achevé.

Elle descendit et face au tableau, ferma les yeux. Les rouvrit, les écarquilla. Les écailles palpitaient, les palmes s'agitaient. La brise légère transportait les embruns, et chatouillait ses paupières. On sentait l'iode du Pacifique, au loin. L'arbre scintillait sous le soleil de Santa Monica, les vagues roulaient voluptueusement.

Elle attrapa son téléphone, immortalisa le palmier, s'écarta de quelques pas pour photographier la fresque en entier.

Soudain, une pensée lui traversa l'esprit. Elle allait imprimer la photo et *lui* montrer que cette fresque respirait. Elle se dirigea vers le petit bureau pour récupérer la feuille, encore tiède, réfléchit. Rester factuelle, presque neutre.

Elle empoigna son pastel gris, écrivit :

« Ça vous plaît ? »

Puis, la feuille en main, le souffle déjà court, elle se dirigea vers la porte grise, frappa trois petits coups.

« Niels ? »

L'émotion l'envahit. Elle savait qu'elle parlait trop fort, que sa voix tremblait.

« Vous devriez voir ça, Niels. Ce palmier… Sans me vanter, il est franchement réussi. Niels vous m'entendez ? C'est si difficile de parler à travers une porte… Ah, comment vous dire, j'ai l'impression de m'entendre quand je parle à M. Paul ! »

Elle attendit un bref instant : allait-il demander qui était M. Paul ?

« Je ne suis jamais allée à Santa Monica, mais je connais Rio. Le soleil vient à bout de toutes les tensions intérieures. Et quand on a trop chaud, ou trop mal, eh bien, on s'adosse à un tronc de palmier. On ferme les yeux et on est mieux. Je vais vous glisser sous la porte la photo de la fresque. Maintenant. Est-ce que vous êtes d'accord ? »

Toujours prévenir avant d'agir. Ne pas faire intrusion.

Elle s'accroupit, poussa le premier quart de la photo. Et soudain, la feuille disparut, aspirée de l'intérieur.

Elle se releva, chancelante. Émue aux larmes. Terrorisée. Excitée, attendrie, reconnaissante, incrédule. Si elle devait peindre là, maintenant, ce qui débordait dans son cœur, elle éclabousserait une toile de milliers de taches. Un Pollock.

« Oh, merci, Niels. Merci. »

Elle attendit, les yeux, le cœur grand ouvert, en effectuant de petits cercles avec son poignet. Cela durait si longtemps qu'elle se demanda s'il ne s'était pas endormi de l'autre côté. Elle entendit un crépitement, délicat. Irène avait raison. Tout ce qui se laissait voir, entendre, derrière la porte, enflammait l'imagination, la nourrissait, la déployait.

La feuille réapparut, gondolée comme un accordéon.

« Merci. »

Et puis, une autre feuille, bientôt, qu'elle déplia comme un papier de bonbon. L'écriture était soigneuse, petite et penchée vers la droite.

« J'aimerais un petit oranger. » Ses pensées s'agitèrent, se bousculèrent. Il avait regardé sa fresque, il parlait. Il communiquait. Il désirait ! Mais… Pourquoi pas un olivier ? Un citronnier, un amandier ? Était-ce pour évoquer les âges de la vie, comme dans un tableau de ce peintre allemand dont elle avait oublié le nom ?

Elle prit appui sur la porte grise pour écrire : « Où, l'oranger ? À droite du palmier ? Indiquez-moi où avec une croix sur la photo de la fresque. » Elle replia la feuille, la glissa cette fois franchement sous la porte, excitée comme s'ils jouaient au cadavre exquis.

Un triangle blanc pointa aussitôt, dans un léger froissement :

« Un vrai oranger. »

Elle entendit un léger son mat – une feuille que l'on déchire. Une seconde lettre apparut.

« Merci. »

« Bien », résuma-t-elle derrière la porte. *Donc, un oranger… Avec des oranges.* Elle s'apprêtait à tourner les talons, le message de Niels dans sa main. Mais quelque chose la retint. Il y avait tant de mots qu'on n'avait pas prononcés à temps, « tu peux dormir en paix », « je ne t'oublierai pas » ou tout simplement « merci ». Et tous ces mots, comme des balles perdues, finissaient par frapper en rafales, à droite, à gauche, regret, chagrin, créant des dommages irréversibles, des plaies toujours ouvertes.

Elle s'éclaircit la voix.

« Niels, savez-vous seulement que je viens ici tous les jours ? Pour vous rendre goût à la vie, si cela est possible ? J'ai pensé qu'il fallait que vous le sachiez. »

Elle colla son oreille contre la porte.

« Alors… Puisqu'il vous arrive de sortir… Pourriez-vous jeter un coup d'œil à mon travail ? Un simple coup d'œil, parce qu'avec une photo, on y perd en vibrations. » Elle prit une longue inspiration. « Et puis… Ça vous ennuie de me donner votre numéro de téléphone ? Ce serait tellement plus simple. »

Elle entendit un nouveau crépitement, la lente déchirure du papier, puis vit apparaître à nouveau une feuille avec une suite de chiffres terriblement penchés.

Le cœur battant, elle serra le précieux sésame entre ses mains. Elle s'éloigna dans le couloir et, arrivée dans le petit salon, entendit le grincement de la porte grise. Il avait attendu qu'elle s'éloigne pour faire entrer le chat. Comme une somnambule, elle rejoignit la buanderie, rinça ses pinceaux à grande eau, jeta ses deux assiettes en carton usagées, rangea méticuleusement son matériel dans son caddie, avant de caler le chariot contre le mur. Elle le laisserait là jusqu'au lendemain.

Avant de repartir, elle jeta un petit coup d'œil à son œuvre. Le soleil était en train de baisser à Santa Monica. Le skateur était là, prêt à bondir sur sa planche, sa silhouette cernée par deux bandes de scotch.

« La prochaine fois, prévient Susie, c'est ton tour. Tiens-toi prêt, mon vieux. »

# CHAPITRE 11

## Italique

L'IDÉE DU TATOUAGE ne lui était pas apparue tout de suite. Après la sidération, puis la douleur, il y avait eu l'angoisse, la colère, le chagrin. Et puis, progressivement, avec la disparition du tumulte social, était née une forme d'absence. Elle constatait, certains jours, une évanescence qui n'avait rien à voir avec la légèreté. Elle pesait une plume. Et Susie se serait griffée, ces jours-là, pour reprendre corps. C'était Esther, en réalité, qui menaçait de mourir une seconde fois. C'est alors qu'elle y avait songé. Avoir mal pour ne plus souffrir.

Elle avait feuilleté des magazines, visionné le défilé de la Marche républicaine, s'arrêtant sur chaque panneau, chaque dessin. Elle avait hésité entre un crayon ensanglanté et la Marianne qui pleure. Elle s'était rendue, un soir, dans un sous-sol du quartier des Halles, auprès d'un artiste aux bras recouverts d'orchidées.

Ça sentait l'encre et le soufre.

Elle avait serré les dents, il n'avait pas ouvert la bouche. Chaque coup de poinçon l'avait ancrée un peu plus dans la conscience d'elle-même. Elle avait eu l'impression de sauver sa peau.

Quand, ensuite, Susie avait enfin pu raconter cela pendant une séance de La Traversée, Lucie lui avait suggéré de venir plus souvent. Susie avait serré sa main, refusé poliment de poursuivre la discussion au café d'en face, ça serait pour la prochaine fois, promis, elle avait oublié de nourrir son mainate ce matin.

En ouvrant sa boîte aux lettres, elle trouva une feuille de papier recouverte d'une belle et longue écriture penchée. Jeanne-Marie.

Bravo, votre travail est plus que réussi - inspiré... Je dois vous faire une confession : toute petite, je fixais les murs de ma chambre, tapissée de toile de Jouy, jusqu'à avoir les yeux qui picotent. Je voyageais dans la barque, je me promenais dans les jardins, et je courais après le chien rouge. C'était mon voyage de nuit...

Quand votre Nu est arrivé dans ma chambre, j'ai craint un instant qu'il ne me terrorise. Mais depuis qu'il est là je dors comme une marmotte !

Seriez-vous tentée de venir cet été dans notre maison de Lourmarin pour y décorer le mur de la cuisine ? Il y a un grand parc planté d'arbres et des citronniers sur la terrasse. La maison serait à vous le temps qu'il faudrait.

Amicalement,

Jeanne-Marie S.

Susie glissa la lettre dans son sac. Elle avait le cœur léger : une belle matinée, une cliente reconnaissante, pas de nausées depuis deux jours.

De l'absence de nausée, son cerveau aurait pu filer directement à la décision urgente à prendre, à savoir, garder le bébé ou non. En parler à Milad. Mais, une fois encore, elle repoussa cette pensée au plus profond d'elle-même. Plus tard. Elle ouvrit la fenêtre, songea à Niels. Aérait-il parfois sa chambre ? Quel était son premier geste matinal ? Ouvrir la porte au chat ?

Par ce temps frais et piquant, les nuages se découpaient sur fond bleu avec une netteté surnaturelle. Le ciel racontait des histoires, et cette fois, c'était la silhouette musculeuse d'un cheval lancé au galop et, à sa gauche, un angelot soufflant sur un petit ballon, comme ceux qui sont emportés en pleine mer et que l'on ne retrouve jamais.

Susie prit quelques clichés avec son téléphone, jusqu'au moment où un coup de vent dispersa les morceaux de ouate, comme une fine gaze dans le ciel.

Un message s'imprima sur son écran. Milad.

« Il fait beau, ma princesse, est-ce que tu veux déjeuner dans le quartier ?

— Trop de choses à faire aujourd'hui, pianota Susie. Je dois passer chez la fleuriste. Tu m'accompagnes ?

— Tu fais confiance aux fleurs, maintenant ?

— J'ai une plante à offrir, mais c'est top secret. »

Elle attendit deux minutes la réponse.

« Alors va offrir tes fleurs à qui tu veux. Et on mange ce soir ensemble, *ciao.* »

Susie se demanda si Milad était vexé, ou tout simplement amoureux.

La fleuriste, une jeune femme d'une trentaine d'années coiffée à la garçonne, avait des ongles terreux sous ses mitaines rouges. Malgré le petit radiateur d'appoint qui trônait au beau milieu de la pièce, il faisait un froid neigeux. Elle était vêtue d'un tablier de travail sur son pull à col roulé, et s'employait à piquer des petites coccinelles en céramique dans des compositions florales assez kitsch. Ses yeux pétillèrent quand elle vit Susie.

« Tenez, dit-elle, en lui montrant un immense bouquet de roses presque blanches. J'ai pensé à votre Granny quand je les ai vues ce matin à Rungis.

— Oh, elle va adorer ça. Mais ça sera pour la prochaine fois. Je viens aujourd'hui pour un oranger en pot. Vous en aviez, il y a quelque temps.

— Oui, je les ai remisés à l'intérieur, les pauvres. » La fleuriste lui indiqua le premier rayonnage. Les arbustes étaient plantés dans des pots en céramique orange ou bleu, et leurs branches ployaient déjà sous les fruits ronds et mûrs.

Susie retourna l'étiquette : « Donnez-moi de la lumière et du soleil, sinon je meurs. J'ai besoin d'eau, une fois par semaine l'hiver, et un peu plus l'été. Faites preuve de délicatesse, sinon vous risquez de noyer mes racines ».

Elle grimaça. La lumière était-elle obligatoire ? C'était pour une personne âgée, qui vivait recluse dans le noir.

La fleuriste fit la moue. Pourquoi n'optait-elle pas pour un aspidistra – cette fleur qui survivait sans lumière ? Elle pouvait lui en avoir une pour lundi. Susie secoua la tête. Non, merci. Soudain, une fulgurance la foudroya.

« Je vais en acheter deux, finalement. Est-ce que… Est-ce que je peux en planter un, dans un cimetière, près de Paris ? »

La fleuriste adopta une mine contrite.

« Oh…

— Ne vous inquiétez pas… Cela ne date pas d'aujourd'hui.

— Alors attendez avril-mai pour le planter. Il fait vraiment trop froid en ce moment. »

Susie régla pour les deux orangers, et repartit, songeuse. Était-ce raisonnable d'offrir un cadeau si fragile à un jeune homme si sensible ? Comment réagirait-il si la plante se flétrissait ?

Elle rentra et alluma son ordinateur. Il y avait 95 800 occurrences pour « hikikomori ». Elle cliqua au hasard, lut plusieurs articles, dans lesquels il était question de révolte silencieuse, d'une « existence blanche », sans désir. Dans un article du *New England Journal of Medecine*, un psychiatre insistait sur la nécessité d'avoir recours à un bon professionnel du secteur infanto-juvénile.

Susie composa alors le numéro de Sandra Martins et fut presque surprise de la trouver au bout du fil – elle pensait lui laisser un message, comme toujours. Quand elle se présenta, la voix de la psychologue se réchauffa d'un degré. « Oh, Susie, c'est amusant, je voulais vous appeler pour vous féliciter pour la fresque. Je vais finir par croire aux synchronicités. »

Susie demanda si les monstres n'étaient pas trop effrayants pour ces adolescents, ce à quoi Sandra répliqua qu'un monstre effrayant, ma chère, était une tautologie. « Elles sont parfaites, vos créatures, ajouta-t-elle. Surtout la sirène masquée. Un pur chef-d'œuvre ! »

Enhardie, Susie se jeta à l'eau. Elle avait une question à poser, un peu personnelle… « Vous avez de la chance, répondit la psychologue, l'adolescente avec qui j'avais rendez-vous est en plein lavage d'estomac. Donc ?

— Donc, reprit Susie, je voulais vous demander si vous aviez reçu un certain Niels… Niels Wagner.

— Niels Wagner, répéta Sandra, ça me dit quelque chose, à moins que je ne me trompe de Niels…

— C'est-à-dire, intervint Susie, plus assurée. Je suis certaine que Niels Wagner est venu consulter quelque temps à la Maison Bleue.

— En effet, rétorqua la psychologue. Il était suivi par un collègue, je m'en souviens maintenant que j'ai son dossier sous les yeux. Un garçon très solitaire, et un début d'amitié – voire plus – avec Karen. Il a cessé de venir. Du jour au lendemain. »

Susie exposa la situation du jeune homme. « Treize mois… répéta Sandra. Eh bien. » Elle semblait réfléchir tout haut. « Comme le dit Franz Seizmann, le hikikomori est un pied de nez au mythe du chasseur-cueilleur. Une hérésie de l'Évolution. Ils n'ont plus besoin d'aller chercher leur bidoche : elle les attend devant leur porte ! On ne les aide pas, les pauvres, en les aidant trop. »

À l'autre bout du fil, on entendait un cliquetis léger, comme si elle pianotait sur un clavier. Susie imaginait la psychologue adressant un mail à un collègue au sujet de Niels. Elle avait pourtant donné sa parole.

Elle toussota :

« J'ai promis aux parents de ne rien dire. J'appelle juste pour prendre des conseils et je…

— Que craignez-vous donc ? Qu'il ne se taillade les veines ? lança, sarcastique, la psychologue. Rassurez-vous, il ne le fera pas. » Elle ajouta : « Vous êtes là pour peindre sur son mur, et soudain, on vous a intronisée "sauveur". Comme c'est étrange. »

Elle marqua une pause.

« Qu'est-ce que cela fait résonner en vous ? De quel monstre s'agit-il donc ?

— Mais..., se défendit Susie. Je me retrouve là par hasard ! Je fais mon boulot de peintre, voilà tout !

— Par hasard..., reprit non sans ironie la psychologue. Savez-vous que l'inconscient n'est pas incompatible, et je dirais mieux, pas étranger à la mission de l'art ? »

Cette Sandra Martins était insupportable avec ses sarcasmes et ses allusions. Tu parles d'une psy !

« Quoi qu'il en soit, reprit-elle, radoucie... n'ouvrez sous aucun prétexte. Il est comme un homard à nu, privé de carapace. Alors surtout, pas d'intrusion dans sa chambre. »

# CHAPITRE 12

## Mythologique

Ce matin-là, ce ne fut pas l'averse, pourtant continue, qui la réveilla, mais les cris rauques de M. Paul, qui vociférait « Estherrrr », d'une voix aigrelette. « Un expressoooo ! Un ! »

Susie se retint pour ne pas jeter son oreiller sur la volière.

7 h 30, quatre heures de sommeil seulement. Son cerveau de comptable se mettait en branle dès l'aube, additionnant, retranchant les précieuses heures arrachées au néant. Elle s'était réveillée en sursaut à 3 heures, au moment où une créature terrifiante s'apprêtait à l'étouffer. Ses cheveux, des tentacules noirs démesurément allongés comme ceux de la Gorgone, s'étaient allongés vers elle, puis resserrés brutalement comme des mains de vieillarde autour de son cou. Il était moins une.

Frissonnante, elle avait cherché toute la nuit à échapper à ce regard de vieille gitane.

Et cet oiseau de malheur, qui n'était pas fichu de retenir son prénom ! Disait-on « orphelin » aussi pour les animaux ? À partir de quand la mémoire commençait-elle à se réinitialiser chez ces volatiles ? À partir de quand les souvenirs s'effaçaient-ils ?

Elle se leva en grimaçant – cette hanche… Peu rancunière, elle ouvrit la porte de la cage de M. Paul, versa une poignée de graines dans le bol métallique et remplit le réservoir à eau. La pluie continuait à frapper méthodiquement les pavés de la cour.

Milad était déjà parti, laissant derrière lui l'odeur du café froid. Ils avaient passé une soirée emboîtés l'un dans l'autre, sur le lit, les grandes mains brunes de Milad délicatement posées sur son ventre –, effleurant à peine son jean, mais si chaudes, que Susie avait craint qu'il ne sente, entre ses doigts, le frémissement de cette toute petite vie. À force de différer la décision, elle n'aurait bientôt plus le choix. Mais comment faire autrement ? Y avait-il vraiment sur Terre, des femmes aussi sûres d'elles ?

Susie ne comprenait pas pourquoi, alors que son corps était en train de décider pour elle, elle était incapable d'en parler à Milad. Hier soir, au moment où il s'apprêtait à lui verser un verre de vin, elle avait bien tenté de lui dire que non, elle ne boirait pas… Mais les mots étaient restés bloqués quelque part entre l'œsophage et les amygdales, la brûlant intérieurement.

Ce qu'elle craignait, c'était moins la révélation du secret lui-même, que le fait de lire, dans les yeux de Milad, quelque chose qui ressemblât à la surprise. Elle tremblait à l'idée de voir ce visage s'ouvrir, se creuser en son centre comme un précipice. Elle n'aurait pas la force de le supporter. Depuis l'attentat, un éclat de rire soudain, un chat qui s'immobilisait brutalement, un inconnu qui la fixait subitement ; le moindre imprévu lui était devenu si insupportable, que lire la stupeur dans le regard du jeune homme suffirait, pensait-elle, à l'anéantir.

Elle aurait aimé qu'il devine. Progressivement. Comme sur une fresque, oui, là où les choses s'élaborent petit à petit. Mais la vie n'est pas l'art : elle surgit de toute sa force du néant.

Elle fouilla dans le placard de l'entrée, retira du bric-à-brac son grand panier de pique-nique, dans lequel elle cala l'oranger, en veillant à ne décrocher aucun de ses fruits, puis la boîte de marrons glacés dans leur emballage doré pour Granny. Elle déposa le panier dans son caddie, puis sortit son téléphone de sa poche arrière : « Bonjour, je vous apporterai l'oranger vers 16 heures, je travaillerai ensuite les écailles du tronc des palmiers. Susie Pritt. »

Elle relut le texte, supprima son nom de famille, puis l'ajouta à nouveau, avant d'envoyer le message.

Elle sortit de l'immeuble en tirant son chariot, déjà éreintée. Elle devait commencer à prendre soin d'elle. Mais l'avait-elle jamais fait ? À la place, elle avait toujours fui – ce qui ne l'avait pas tuée, non plus.

« Niels ? »

Il était 16 h 40. Dans le fond de l'appartement, le chaton miaulait. Susie éleva la voix. Elle avait quarante minutes de retard, c'était désolant. Avait-il reçu son message, tout à l'heure ? Elle dressa l'oreille en vain. Elle avait trouvé ce qu'il lui avait demandé. Elle allait le lui déposer, là, tout de suite, avant de jeter un petit coup d'œil à la fresque. Il pourrait donc ouvrir sans crainte dès qu'elle serait retournée dans le salon. Elle observa une pause, puis reprit : « Niels, je vais vous lire le mode d'emploi rédigé à la première personne. Bon... C'est un peu niais, hein. »

Elle prit une longue inspiration :

« Je suis un *Citrus mitis*, de la famille des Rutacées. Natif des régions méditerranéennes, je fleuris au printemps. »

Elle s'arrêta, écouta. Il lui semblait entendre le bruit d'une respiration, régulière, derrière la porte.

« Placez-moi devant une fenêtre ouverte, dès les premiers rayons. Donnez-moi de la lumière et du soleil, sinon je meurs.

« Vous avez entendu, Niels ? Si vous ne relevez pas le store, votre plante va crever. Bon. Ensuite, il est question de racines et de rempotage. Il faudra veiller à le changer de pot régulièrement, d'accord ? »

Elle plia en deux la feuille sur laquelle elle avait également dessiné l'oranger, et la glissa sous la porte.

« Maintenant, je vais laisser l'oranger ici, avant de m'éloigner. Quand j'entendrai votre porte se fermer, je vérifierai que vous l'avez bien récupéré. » Elle clippa de la langue : « C'est agaçant, à la fin, je n'entends que les miaulements de Hans. Enfin, c'est moi qui l'ai appelé Hans. Je ne connais même pas son nom ! »

Susie se pencha et déposa le pot en céramique sur le sol. Après quelques pas dans le couloir sombre, elle se retourna : la plante avait disparu, comme aspirée à l'intérieur.

Dans le petit salon, un rayon de soleil, sorti miraculeusement de ce ciel gris, frappait le mur d'un rectangle lumineux, dévoilant crûment quelques petites imperfections dans le bleu du ciel. Ses nuages semblaient sortis tout droit d'un livre pour enfants. Celui de droite ressemblait à un timbre-poste géant : trop carré. Et que dire de cette traînée d'avion qui mordillait maladroitement le bleu céleste ? On aurait cru un bas effiloché. La déception grondait en elle, c'était raté, sans vie. Dire qu'elle avait été satisfaite d'elle-même la dernière fois ! Pauvre fille. Pourvu que personne n'ait jeté un œil à cette horreur. Tout était à refaire.

Accablée, elle renonça pourtant à reprendre ses pinceaux. Inutile, elle allait tout gâcher, rien qu'à cause de cette rage mêlée de frustration qui prenait sa source derrière la porte grise.

Mais… Elle fit trois pas en arrière, deux pas sur le côté. Sidérée. Quelqu'un avait touché au tronc du palmier !

On était allé récupérer dans la buanderie sa peinture, son gris – pour y tracer un rictus grimaçant et, juste au-dessus, deux yeux noir ébène. Cela aurait pu passer inaperçu, mais cela ne faisait aucun doute : l'arbre avait été affublé d'un regard, à la fois placide et terrorisé, qui fit écho à son cauchemar de vieille gitane. Mais comment avait-il osé ? Car c'était bien lui ! Lui, derrière la porte, qui ne sortait que pour emmerder le monde !

Son sang cognait contre ses tempes. Mais… de quel droit ? Elle serra les poings, se précipita, aveuglée par la colère, personne, jamais, ne lui avait fait ça. On avait toujours respecté son travail. Même à Rio. Même Helena n'avait pas eu l'impudence de mettre la main sur ses pinceaux. Susie s'emballait, ses pensées faisaient des zigzags assourdissants, comme des patins d'acier sur de la glace. Le jeune reclus qu'on lui avait imposé, cette charge qui pesait sur ses épaules depuis quelques semaines, était sorti de sa chambre pour abîmer son œuvre ! Alors qu'elle, épuisée, éreintée, elle avait parcouru tout ce chemin pour lui offrir une plante.

« Niels ! »

Devant le silence, sa hargne redoubla. Elle tambourina contre la porte : « Pour qui tu te prends ?… Tu ne réponds pas ? Tu es mort ? Ou tu dors ? Que t'est-il arrivé pour que tu crées un tel chaos autour de toi ? »

Sa rage, décuplée, ne savait plus sur qui elle se déversait : sur la folie de ce monde, le silence de ses parents, la mort qui frappe à l'aveugle.

« Tu as fini d'emmerder les autres ? Montre-toi ! Tous ces gens à qui tu pourris l'existence. Et ta sœur ! Tu y as pensé, à ta sœur, à ta mère ? »

Son nez picotait, des larmes roulaient sur ses joues sans s'arrêter.

« Tout le monde souffre, tu sais, tout le monde ! »

Elle frappait encore et encore comme une forcenée : « J'aurais pu, moi aussi, me murer. Et même… pire ! Tout le monde pense que je m'en suis sortie mais personne ne comprend. Mes parents ne veulent même plus me voir. Il paraît que je lui ressemble trop. »

Elle flanquait des coups de pied dans la porte, précisément à l'endroit où Xavier Wagner s'était lui aussi défoulé.

« Tu me réponds, oui ! Toutes ces images qui me viennent sans cesse à l'esprit ! Et toi, tu en rajoutes avec ton arbre macabre ! »

Elle laissa les larmes barbouiller ses joues, chatouiller son menton, tomber dans son cou.

« Tu penses que c'est la solution de t'enfermer ? Tu penses qu'il n'y en a pas assez, des murs, des barrages, des frontières, partout ? Il n'y a pas que ce connard de Trump, mon petit vieux ! Tu sais ce qu'il nous a dit, le prof pendant ma formation ? Hein ? Il y a soixante-cinq murs de la honte, dans le monde entier. Soixante-cinq ! Des murs pour séparer les blancs des noirs, les vivants des morts ! La honte ! »

Un vertige la saisit. Elle s'immobilisa. Quelque chose s'écoulait d'elle. Ça saignait entre ses jambes, une couleur brun-rouge. Tiens, on dirait du Soutine, pensa-t-elle, avant de perdre connaissance.

# CHAPITRE 13

## Symbiotique

DÉCOLLEMENT PLACENTAIRE. Le verdict du médecin était tombé là, aux urgences gynécologiques, dans une petite pièce éclairée par une demi-lucarne. Sur les murs, des lambeaux de peinture écaillée laissaient entrevoir des rivières sinueuses de béton gris. Susie était allongée sur un lit en moleskine, étroit comme une couchette de train, la nuque calée sur un traversin. Milad était arrivé en trombe, une trace de peinture blanche sur le bout du nez, ce qui les avait fait rire tous les deux. Pour autant, la plus livide des deux était sans conteste Susie, blême comme le drap qui la recouvrait. Mais, ajouta-t-il, « charmante comme une femme romanesque » – sans doute voulait-il dire « romantique », pensa Susie.

Ainsi s'était faite l'annonce de sa grossesse – par téléphone –, Milad lui ayant donc épargné cette stupeur redoutée, dont elle goûtait maintenant la version légèrement atténuée.

La petite flèche lumineuse se déplaçait sur l'écran. « Voici les deux hémisphères cérébraux, le ventre rebondi du fœtus, indiquait le médecin. Et là, désignait-il, ces deux segments, ce sont les deux petites jambes. Le pitchoune… Et voici la main, le pouce, et là – la flèche sautilla sur les doigts – un, deux, trois quatre cinq, le compte est bon. Avez-vous vu comme elle est bien faite, cette menotte ? Ah, je peux vous le dire, à vous, je ne m'en lasse pas… » Le médecin avait un accent marseillais, Susie savait bien qu'ils en riraient, un jour. Mais pour l'instant elle cherchait à contenir son émotion, ou son angoisse, comment savoir ; plissant les yeux, se demandant tout de même si elle pouvait à la fois supporter une balle dans la cuisse, et un bébé dans le ventre, tandis que Milad, lui, avançait un visage hébété devant l'écran, jetant des petits « oh », ou « ah là là », pour percer la coque du silence, tour à tour enjoué et anxieux.

Le médecin évoqua ensuite le bourgeon génital, avant d'émettre un petit rire entendu. Ils allaient certainement lui demander le sexe du bébé. Eh bien non, répliqua Susie, froissée par le ton goguenard du médecin. Surtout pas.

Milad reprit la parole, s'excusant de ramener la conversation à un tour plus sérieux – il ravala le mot « dramatique » qui lui pendait au bout des lèvres. Est-ce que tout allait bien du côté du petit bipède. À merveille, répliqua le médecin, il fallait juste être prudente dorénavant avec un hématome utérin. Les femmes se ménageaient si peu. Avait-elle subi un choc cette jeune dame ? Une chute ? Peut-être bien, mais pas vraiment non plus, répliqua Susie. Je me demande s'il existe un mot précis. Elle haussa la voix : elle était peintre, non, pas peintre en bâtiment, mais en décoration.

« Ma femme peint des fresques, déclara Milad en se redressant soudain. De vraies œuvres d'art chez les particuliers. C'était oui, un travail assez physiologique.

— Tu veux dire physique », reprit Susie.

Elle le regardait avec anxiété, tâchant de lui souffler par télépathie de ne prononcer, pour rien au monde, le terme « chantier », qui ne manquerait pas d'effrayer le gynécologue. Le mot ne fut pas prononcé, mais l'obstétricien secoua la tête, tout en faisant cliqueter les touches.

« Ça ne m'arrange pas du tout du tout, ce métier de peintre... »

Susie se redressa sur le coude.

« Oh, mais il n'y a aucun danger, docteur. J'ai acheté un masque de professionnel, pour éviter les vapeurs de térébenthine. C'est vraiment...

— Ce n'est pas ça, enfin, miss... Rester debout, les bras levés... Piétiner devant une toile... Réfléchissez ! »

Le médecin déposa la sonde près du clavier de son ordinateur. Un silence s'abattit sur la pièce glacée.

« Quinze jours d'arrêt, au repos, puis une seconde échographie de contrôle. » Il se retourna vers elle, l'assurant qu'il détestait clouer les femmes enceintes au lit, parce que rien ne valait le travail pour penser à autre chose, mais elle ne lui laissait pas le choix. Quinze jours, murmura en elle une voix d'écolière victime d'injustice. Quinze jours, alors qu'elle avait cette fresque à terminer, Granny à aller voir... Quinze jours, alors qu'elle avait promis à Irène de terminer son travail rapidement ; quinze jours alors qu'un jeune homme, dans un grand appartement, l'attendait peut-être...

Susie se mit à pleurer silencieusement sur son sort. L'évocation de ce sang avait remué des souvenirs d'un autre siècle. Elle était traversée par cette phrase : « Esther était faite pour ça, elle. Et toi... Pas foutue d'être heureuse. » Elle demanda pour la dixième fois si elle ne l'avait pas « flingué ».

« Il est bien accroché, le pitchoune ! » la rassura le médecin.

Comme c'était curieux. Cet hématome – ce mot relié aux cours de récréation et aux genoux écorchés des enfants – avait soudain rendu le bébé si précieux. C'est dans ce risque de le perdre qu'elle avait enfin opéré son choix définitif. Milad la cajolait, lui assurait qu'il allait lui en donner, lui, du boulot, elle en aurait tant qu'elle voulait, des devis, des maquettes, des croquis. Eh, qu'il sache, son cerveau n'était pas victime d'un hématome, n'est-ce pas ? Et puis n'avait-elle pas le droit de se reposer depuis le…

« Chut, l'interrompit Susie, c'est notre secret. » « Gardez vos secrets, les amoureux, reprit le médecin, mais avec ce que je vais vous donner, vous dormirez comme un loir. »

De retour à la maison, Milad déplia le sofa tout contre la baie vitrée : Susie aurait vue sur le ciel et les feuilles vert tendre du châtaignier. Quant à lui, malgré son emploi du temps bien chargé, et ses allées et venues à son atelier, il s'emploierait désormais à nettoyer tous les jours la cage de M. Paul et à préparer « les plats de madame Susie ».

Susie eut une moue résignée. Elle s'allongea, tout en assistant au petit déménagement, les mains calées derrière la nuque. Milad avait déplacé sa table de chevet à droite du canapé, y avait déposé son ordinateur, une bouteille d'eau, et *La Bible des Fresques* – après l'avoir pesée sur la balance de la cuisine – « 859 grammes je t'interdis de le porter sur ton ventre », avait-il dit à Susie.

Susie appréciait la légère rondeur de son ventre, comme s'il avait suffi de l'image miroir de l'échographie pour que le bébé, tassé dans la chambre utérine, ne commence à se déplier.

Elle alluma son ordinateur, balaya ses mails du regard. Charlotte lui racontait son chantier chez un particulier « d'une indécision crasse », Lucie annonçait dans un mail collectif que la prochaine séance de La Traversée aurait lieu dans 15 jours, Granny lui demandait quand elle allait venir la voir, Dick lui avait écrit de Rio, lui annonçant la naissance de Renato, huit mois aujourd'hui, un bébé hyperactif qui semblait ne pas avoir besoin de dormir : « J'ai lu que le vert amande inspirait la sérénité dans une chambre d'enfants, écrivait-il. Bien sûr, je pourrais faire appel à quelqu'un d'autre. Mais tes pinceaux à toi sont magiques. Quand je suis trop triste, je contemple la fresque de Furnace Creek et je pleure. »

Susie sourit en l'imaginant en position du lotus, sur le parquet du salon devant son tableau. Elle s'apprêtait à lui répondre, quand son regard fut attiré, un peu plus bas, par un autre message.

« Pardon. J'aime beaucoup votre peinture. Niels. »

Elle écarquilla les yeux. Sans doute avait-il obtenu son adresse en se rendant sur son site.

Elle hésita, puis écrivit :

« Il me semble avoir hurlé comme une poissonnière, l'autre jour, derrière votre porte. »

Il répondit aussitôt :

« Pardon de tout ce tracas. »

Curieux, se dit-elle, ce mot « tracas » chez un jeune homme.

Susie s'immobilisa, la main sur le ventre, les yeux dans le vague. Son bébé avait bougé pour la première fois.

# CHAPITRE 14

## Rythmique

DÈS LORS, Susie guetta tous les jours un message du jeune homme. Cette correspondance la ravissait et la pétrifiait à la fois, comme un lourd secret.

« Bonjour », lui écrivait-il. / « Bonjour Niels », répondait-elle. / « Vous êtes dans le salon ? » / « Pas encore, Niels, je suis toujours alitée. » / « Vraiment cool le palmier, on s'y croirait » (Merci Niels, je suis heureuse qu'il vous plaise. Je m'imagine parfois adossée à cet arbre, avec le tronc qui vient me gratouiller le dos.) / « Bonjour, Susie, ce matin, j'ai regardé le panneau vert et blanc, on se croirait dans *Breaking Bad*, vous connaissez ? » / « Je ne connais pas *Breaking Bad*, je ne regarde pas trop de séries. » / « Est-ce que vous l'avez inventé, le dessin, ou recopié ? » / « Je m'en suis inspirée, juste inspirée. Et vous savez, la mer, c'est celle où je passais mes vacances, petite, avec ma sœur. Regardez bien ses vaguelettes… Elle est prête à se déchaîner, cette mer. C'est cela que j'aime en elle. »

Elle s'ingéniait, chaque fois, à lui donner envie d'ouvrir la porte grise.

Elle avait même tenté un « Il fait très beau aujourd'hui, Niels, quel temps magnifique ! », avec ce sentiment de faire un pas, puis deux. / « Peut-être, répondait-il. Je n'ai pas encore ouvert. » / « N'oubliez pas l'oranger. »

Après quelques jours, il l'interrogea « Vous allez revenir chez moi ? » / « Oui, si vous souhaitez que je termine la fresque, car elle ne va pas se faire toute seule. J'ai une idée : vous devriez passer quelques minutes dans le petit salon pour me dire ce qui manque : du végétal ? du minéral ? de la lumière ? Si vous souhaitez voir apparaître sur ce mur certains motifs, n'hésitez pas à me le préciser. Il m'arrive de personnaliser mon travail en fonction de la demande des clients. Je peux par exemple dessiner votre chat au pied d'un palmier, habiller le jeune homme d'un de vos T-shirts, ou lui glisser une canette de Coca dans la main gauche. »

Et puis, un matin, après quelques jours laconiques, elle reçut un plus long message, dans lequel il proposait de réparer les dégâts. Il avait regardé un tuto, il pouvait effacer les yeux avec un chiffon et de la térébenthine.

Susie repositionna ses oreillers derrière son dos et pianota à toute allure :

« Je viens de découvrir votre mot. Tout travail de restauration est assez délicat, et je préférerais m'en charger à mon retour. Car bien entendu, je vais terminer cette fresque. Je peux même vous confier que c'est l'une de mes plus belles réalisations. Quand nous aurons fini les quatre murs, il s'élèvera de cette pièce une atmosphère indescriptible. »

Elle ajouta : « Je reviendrai dans quinze jours si tout va bien, et j'aurai grand plaisir à déjeuner avec vous. »

Elle relut son mail, réfléchit, et effaça la dernière phrase.

Elle avala ses deux comprimés de progestérone, se tourna vers la fenêtre, et observa la branche de châtaignier se balancer tout doucement, de haut en bas. Elle allait s'y faire, à la contemplation. Une phrase de *La Bible des Fresques* était restée gravée en elle : « Être peintre, ça n'est pas uniquement prendre un pinceau à un moment M. C'est organiser toute sa vie autour de ça ; rêver, nourrir son rêve, et compléter à l'infini sa bibliothèque des émotions et des couleurs. »

Oh, pour ce qui était des émotions fortes, on pouvait dire qu'elle avait été gâtée. Laissant aller son corps, lourd, qui s'enfonçait dans le canapé, elle observa le ciel, et ces nuages fins comme de la gaze. Elle se souvint de ce jeu avec Esther, qui consistait à tirer, de leurs petits doigts de fée sur le paquet de coton hydrophile dans l'armoire de toilette de Granny. C'était à qui obtiendrait le voile le plus léger ; comme de la barbe à papa.

Elle se demanda si Niels passait lui aussi ses journées allongé. Était-il encore aussi beau aujourd'hui que sur la photographie de M. Wagner ? Non, il était sans doute pâle, maigre, boutonneux. Elle se retourna sur le côté droit, les paupières lourdes, bâilla et se laissa couler dans le sommeil.

# CHAPITRE 15

## Rhétorique

*De Susie Pritt à Lucie*

*Lucie,*

*Je ne pourrai pas venir ni aujourd'hui ni les prochaines semaines. Je suis désolée. J'ai débuté une grossesse à complication (à croire que c'est ma spécialité – les complications). Le médecin m'a dit que j'avais un utérus contractile, mais que le bébé ne craignait rien si je restais tranquille.*

*Milad, mon compagnon, ne savait rien de mon état jusqu'à il y a une semaine. Depuis, j'ai essayé de lui expliquer que nous, les survivants, avions des peurs parfois bizarrement placées... Il m'a dit : « Je te pardonne car je suis heureux. »*

*Vos conseils continuent à m'être précieux. Dès que mon ventre se durcit, je ferme les yeux, et je m'imagine dans un endroit agréable et il se détend. Bon. Je pense que j'ai toutes les raisons d'être heureuse. Et ce qui est chouette, aussi c'est que je sais à qui je destine désormais TOUTES mes intentions de prière !*

*P.S. : Si vous connaissez un mantra pour améliorer le sommeil, j'en serais heureuse. De ce côté-là, ça ne s'arrange pas…*

*Bonne journée,*

*Susie.*

Susie mordillait l'ongle de son pouce.

Pas de message de lui. Ni aujourd'hui, ni hier, ni avant-hier.

Milad était parti ce matin, embaumant un mélange de menthe poivrée, d'épices et d'oignons. Il avait passé le début de la matinée à lui préparer un plat oriental – des œufs au plat sur un lit de tomates et d'oignons –, qu'il lui avait présenté, avec une courbette, sanglé dans un tablier blanc noué à la taille, les yeux plissés, comme pour mimer la cuisinière coréenne. Susie avait étouffé un rire en le traitant de raciste.

Généralement, il partait de meilleure heure, harnaché de son gros sac à dos, pour rejoindre le réfectoire surchauffé d'une maison de retraite au Kremlin-Bicêtre, puis enchaînait sur des lettrages en graff dans le hall d'entrée d'une grande banque. Quand il rentrait, il s'installait près du canapé, rehaussait les coussins de Susie et grignotait dans son coin avant de faire la vaisselle, jetait quelques graines dans la gamelle de M. Paul qui hurlait « Des crottes, encore des crottes ! ». Susie riait, mais pas Milad, exténué, qui s'allongeait et s'endormait, sa paume posée sur le ventre de Susie, comme pour protéger le bébé. Et, alors, Susie, avec d'infinies précautions, se retournait vers la table de chevet et allumait son ordinateur.

Cela faisait un mois qu'elle avait entamé cette correspondance étrange et décousue avec le jeune homme. Au fil des mails, qui étaient passés de quelques lignes à plusieurs paragraphes, il était sorti de la brume. Susie l'imaginait maintenant avec une barbe, des lunettes et une voix de stentor, sans doute parce qu'il s'exprimait avec plus de maturité qu'un adolescent de 19 ans.

Plus d'une fois, elle avait eu envie d'aller plus loin ; mais, tout comme on préfère écouter la version populaire d'un chef-d'œuvre pour ne pas perdre pied, elle restait sur le fil de l'anecdote, échappant au double précipice – son passé à elle, sa réclusion à lui.

Ils avançaient à petits pas sur le même câble tendu, comme deux funambules, chancelant parfois, se rééquilibrant *in extremis,* l'un rebroussant chemin quand l'autre marchait trop vite, fuyant le point de rencontre tant redouté, où le fil céderait inévitablement.

Ce matin du 20 juin, en lui écrivant trois messages d'affilée, elle eut le sentiment, comme une petite brûlure, de rompre un pacte secret. Elle lui raconta son récent rendez-vous à la clinique ; son soulagement d'entendre le médecin lui rendre sa liberté – à condition de respecter des pauses régulières quand elle travaillait. Susie poursuivait sa lettre, les mots s'échappaient, cliquetant sous ses ongles. « Quand je me suis levée de la table d'examen, je me sentais une plume, avec mon ventre de quatre mois, alors que, à l'arrivée, je pesais le poids de deux baleines échouées... J'ai enfin annoncé la nouvelle à la famille. Un bébé... Ma mère s'est mise à sangloter pendant de longues minutes : "C'est la joie, ma chérie" m'a-t-elle dit. "C'est la joie pure qui veut ça".

*« Niels, me voilà prête à retourner sur mon champ de bataille... Je viendrai désormais plutôt l'après-midi, car j'ai bien l'intention de me la couler douce le matin. »*

Susie réfléchit, que pouvait-elle ajouter ?

*« Demain, ça sera la fête de la musique. Pour la première fois je ne sortirai pas. OMG, quel coup de vieux ! Je n'avais jamais jusqu'alors raté un seul concert – même le 16 février 2016, j'étais, à l'Olympia, avec les Eagles of Death Metal.*

*« Trois oranges flétries sont tombées hier. La fleuriste m'a confirmé que l'arbuste se dénuderait totalement jusqu'au moment où de petites pointes blanches apparaîtraient au bout des branches. Je vous ai dit que le mien était destiné à ma sœur ? Si j'ai le courage j'irai le planter là où on va après… Je vous raconterai cela. Vous voyez, moi aussi je…*

(Elle hésita, effrayée, relut, effaça.)

*« En attendant, l'oranger fait le bonheur de M. Paul. Je l'ai placé contre sa cage, il a même picoré une moitié d'orange en passant son bec à travers deux barreaux. Il avait l'air de faire la gueule, mais comment être sûr qu'un mainate fait la gueule ? Il faut que vous le rencontriez un jour, je pourrais même vous le prêter. Mais non, quelle imbécile. Il y a Hans. Enfin, celui que j'appelle Hans, parce que je ne connais même pas son nom.*

*« Je vous annoncerai mon arrivée en frappant discrètement à votre porte, peut-être demain.*

*« Susie. »*

*22 juin*

*Bonjour Susie,*

*Hier soir, un groupe s'est installé en face de la maison. À 17 heures. C'est vous qui m'en avez parlé. La Fête de la musique. Sinon, je n'aurais jamais ouvert la fenêtre. Quand la chanteuse est arrivée, c'était dément. Le sosie de Patti Smith, avec sa robe en dentelle blanche, et ses cheveux, vous savez, ébouriffés, la tignasse de Patti, quoi. Je vous jure. J'avais même l'impression de voir son hirondelle, là, sur l'épaule (j'étais trop loin pour vérifier).*

*Ils ont commencé à débarquer leur matos, à accorder leur guitare. Dingue. Je n'avais jamais rien entendu d'aussi puissant. Ça montait du trottoir jusque dans ma chambre, comme un genre de cyclone ! Mon chat a filé sous le lit, les oreilles vers l'arrière. Mais moi et mon oranger on était contents.*

*Dehors, les gens arrivaient. Une foule.*

*Elle, elle gesticulait, elle avait la voix de Patti.*

*Un peu rauque, un peu grave, profonde. Sa voix.*

*Come on now, try and understand,*

*The way I feel under your command*

*Take my hand, come undercover*

*They can't hurt you now*

*Because the night…*

*J'ai pensé à Esther. J'ai lu les articles à votre sujet, vous savez. J'ai même cru la voir, assise sur le trottoir. Mais quand je me suis levé pour vérifier, j'ai eu le tournis, je me suis mis à picoter de partout. Alors j'ai pas forcé, j'ai ouvert mon bon vieux Mac, et je suis allé sur nosmorts.com, vous savez qu'elle y est ? Ils ont mis la même photo que celle du mémorial du Monde. Je lui ai offert Les tournesols de Van Gogh, à cause du soleil et des pétales qui dansent. Vous pensez que ça lui plaira ?*

*P.S. : Une petite pointe blanche est en train de pousser au bout des branches, on dirait des petits morceaux d'ongles.*

*PPS : Est-ce que vous pourriez dessiner un mainate sur la fresque, sur une branche du palmier par exemple ? Enfin, quand vous recommencerez à peindre. Demain, peut-être ?*

*PPPS : Son nom, c'est Mowgli.*

Dans la vieille Clio aux sièges défoncés, dont ils avaient reculé le siège comme une marge de sécurité – alors que son ventre n'était finalement pas si rebondi –, Susie se tourna vers Milad. Il pouvait la laisser là, elle prendrait l'ascenseur.

Il allongea le cou pour l'embrasser. Elle lui sourit, lui jeta un petit baiser du bout des doigts, et claqua la portière dans un bruit de ferraille. Ils riaient tous les deux de cette guimbarde au nez cabossé et au garde-boue défoncé, qu'ils ne prenaient que pour rejoindre la banlieue – les parents de Susie, Granny, et Charlotte qui vivait dans les Yvelines. Milad ouvrit la fenêtre, tandis qu'elle s'éloignait. Oui, elle éviterait la caféine ; qu'il ne se fasse pas de souci, elle n'ouvrirait cette canette de Coca – qu'elle destinait en secret à Niels – qu'en cas de nausée.

Derrière eux, on klaxonnait déjà. Susie pressa le pas, agita la main, cria à Milad que demain elle irait à pied. Elle avançait précautionneusement sur ses petites sandales plates, vêtue de son jean blanc roulé au-dessus de la cheville, qui dévoilait les deux dernières larmes de sa Marianne tatouée. Sa hanche ne tiraillait plus, même quand elle marchait vite : les hormones de la grossesse qui subliment le teint et les cheveux avaient-elles un quelconque effet sur les cicatrices ? Elle se sentait pleine d'une énergie nouvelle, bien que la recommandation du médecin fût assez stricte : une pause allongée toutes les demi-heures.

Elle sortit de l'ascenseur, le dossier calé sous son bras, enfonça la clé dans la serrure, s'assit sur la bergère de l'entrée, défit ses sandales. Avec ce temps, elle pouvait peindre pieds nus.

Elle sourit, laissa une certaine lenteur engourdir ses membres. Ce grand hall, ce canapé recouvert de velours, ce piano, ce couloir… Elle retrouvait avec délice les contours de ce qui était devenu sa maison. Mowgli sur ses pas comme un valet de chambre, elle gagna le fond du couloir. Pas un bruit. Elle frappa à la porte. « Niels, c'est moi, Susie. » Sa voix était haut perchée, trop enthousiaste, trop émotive.

*Tu vas lui faire peur, calme-toi…*

Elle continua à parler, derrière la porte muette, en caressant le ventre chaud et duveteux du chaton qui s'agitait sur le dos. « Comme il a grandi, ce petit Mowgli ! Je suis si contente de retrouver votre maison. Vous savez, Niels, nous pouvons poursuivre notre correspondance, j'adore lire vos messages, vraiment. » Elle observa une pause, rien ne venait. « Eh eh !, voilà un chaton qui a envie d'entrer voir son maître ! »

Et elle poursuivit : « Ça me change tellement des messages habituels des clients. » Elle nasilla : « Bonjour madame… Si vous pouviez changer ce vert cru en vert un peu plus doux ? Et, dites donc le jaune, on ne risque pas de s'en lasser, à la longue ? Alors que le bleu ? » « Est-ce que ça va tenir ? » Bref, vous voyez le genre !

— …

*Quel gouffre entre son aisance à écrire et son incapacité à parler…* Où était le jeune homme qui s'était épanoui au fil des lettres ? Allait-il falloir tout recommencer ? Susie reprit la parole, déjà fatiguée. Elle allait déposer, ici, à sa porte, quelques esquisses de mainates au pastel, numérotées de 1 à 5, qu'elle allait pouvoir positionner sur le rocher de la fresque nord. Elle avait réalisé une sorte de mariage entre le Douanier Rousseau et le bon M. Paul.

« Il faut que vous me téléphoniez un jour, Niels. Parce que cet oiseau-là, figurez-vous, il est comme un gosse. Dès que je suis occupée avec quelqu'un, au téléphone, absorbée sur un ouvrage compliqué, il se jette contre les barreaux pour capter mon attention ! »

Elle fronça les sourcils, haussa la voix, répéta son prénom deux fois. « Niels ? Niels ! Vous êtes là, ou pas ? Bon, voici ce que je vous propose. J'aurais bien aimé… (Son cœur se mit à s'emballer) partager mon repas avec vous, à midi, même si j'imagine, évidemment, que vous allez refuser. Mais gardez ça à l'esprit, hein ! Aujourd'hui, c'est gambas à l'ail et riz au safran. Maintenant, je file dans le salon, et, pour votre information, je débute enfin, hourra, youpi, le jeune homme au skate-board ».

Susie repartit dans le couloir, bredouille. À 11 h 50, elle trempa son pinceau dans le « noir ébène », le fit glisser entre les contours délimités par le ruban de masquage. Le corps, les bras, puis les genoux, légèrement fléchis. Pour le visage, c'était autrement plus délicat. Une citation de *La Bible* lui revint en mémoire : « "Peindre un visage, a écrit Giacometti, est un premier pas vers un continent inconnu." Soyez léger, presque désinvolte, attrapez son profil à la dérobée. » Elle s'occupa ensuite de l'ombre. Sans doute un mélange outremer et Sienne brûlée. Elle dessina une silhouette ramassée sur elle-même, comme un petit monstre prêt à bondir. L'ombre cruelle du soleil de midi.

Trente minutes plus tard, elle descendit de la plateforme, et contempla son travail. La silhouette se fondrait bientôt dans le décor. Elle prit un cliché avec son téléphone, imprima le dessin du jeune homme et le rangea dans son dossier pour l'étudier à la maison.

Mon cher Niels, pensa-t-elle, tu aimeras vivre ici, crois-moi.

Son ventre tiraillait un peu. Elle rejoignit la buanderie, récupéra sa couverture et pénétra dans le bureau. Elle s'allongea sur le canapé, les mains derrière la nuque, les yeux fixés sur les photos de famille accrochées au mur d'en face.

Elle se leva, tendit le cou, avide. Une femme aux longs cheveux noirs – Irène ? – portait un nourrisson dans le creux de son bras, une photo prise à la maternité sans doute… Un garçonnet joufflu aux yeux très bleus mâchouillait un singe en plastique d'un air sérieux, assis sur les genoux d'un jeune père d'une trentaine d'années : Xavier Wagner – car oui, c'était bien lui –, tête inclinée vers l'enfant, comme s'il le scrutait, mèche sur les yeux, était méconnaissable. Vers la gauche, elle remarqua un dessin au fusain inspiré de *La Jeune fille à la perle*, signé *Axelle, 8 ans ½*, et, dans un cadre doré, un certificat de krav-maga décerné à *Niels, en classe de CE2*, qui lui rappela ces diplômes en toc qu'on décerne aux enfants pour flatter leurs parents.

Elle se rallongea quelques minutes encore, inspirant largement, expirant longuement, jusqu'au moment où son abdomen commença à s'assouplir.

Puis, elle regagna le petit salon.

Après sa seconde pause, le téléphone vrombit. Un SMS. Niels.

« Mainate numéro 3 ok. Et je suis d'accord pour le déjeuner. »

Elle écarquilla les yeux, lut le message une seconde fois, le souffle court. Son cœur galopait dans la poitrine.

*Tu assumes maintenant, ma vieille.*

Ses doigts tremblaient sur le clavier. Quelle heure lui conviendrait. Midi quarante-cinq ?

Elle attendit, tremblante, le SMS suivant qui n'arrivait pas. Elle reprit : « Rendez-vous devant la fresque » ? Il répondit : « Dans la cuisine, store baissé, 12 h 45. »

Un frisson la parcourut. Soudain, elle avait tout oublié. Les échanges, les confidences. Qui allait-elle rencontrer ? Devait-elle passer un coup de fil à Sandra Martins ? Mais l'idée d'avoir la glaciale psychologue au téléphone n'était guère réjouissante.

Elle ne lui avait donné qu'un conseil : « Ne pas faire effraction. » Risquait-elle quelque chose ? Elle ne connaissait personne, dans cet immeuble quasi désert, à part une vieille folle qui se croyait dans un palace. Allons, se reprit-elle, intérieurement. Il aime *Les tournesols* de Van Gogh. Tu n'as rien à craindre.

# CHAPITRE 16

## Maïeutique

Elle a fureté un peu partout ; ouvert, dans un grincement macabre, la porte du buffet, déniché deux assiettes en fine porcelaine frappées d'un liseré doré, et deux verres à pied en cristal. Elle a baissé le store, puis est allée chercher la lampe en verre soufflé de l'entrée, l'a installée sur le côté, afin que la lumière n'éclaire pas de façon trop crue le visage du jeune homme.

Sun Hi avait préparé en entrée une salade de soja, carottes et céleri assaisonnée de vinaigre de Xérès avec des gyozas rissolés, et des grosses crevettes à l'ail accompagnées de riz au safran. Elle avait joliment disposé quelques tranches de pain dans la corbeille. Susie n'aurait plus qu'à faire réchauffer les gambas avec un filet d'huile d'olive, et elle avait même le temps de passer à la pâtisserie. Quand elle était enfant, elle aimait les éclairs. Esther les préférait au café, elle, au chocolat. La petite

Susie imaginait ce moment magique où le pâtissier nappait de son pinceau la pâte à chou de ce chocolat si joliment satiné.

De retour dans l'immeuble, devant le miroir, elle recoiffa sa mèche et ajusta son turban rouge. Elle laissa échapper sa clé au moment de la glisser dans la serrure. Son cœur pulsait à deux cents battements minute. Pourvu qu'elle ne flanche pas.

La cuisine. Ses yeux mirent un petit moment avant de s'accommoder à l'obscurité.

Il était là.

Il était là, la tête entre les mains, camouflé sous sa capuche sans doute – elle peinait à voir.

Elle fit halte à la porte quelques secondes. Elle avait eu beau se l'imaginer sous toutes les coutures, maigre ou gras, barbu ou glabre, souriant ou maussade, la surprise la saisit tout de même.

Il était comme écrasé par la pesanteur.

« Niels ? murmura-t-elle doucement. Eh bien… Prêt pour cette petite pause déjeuner ? J'ai drôlement faim, moi…

— … »

Elle prit à nouveau une longue inspiration, déposa son sac sur le plan de travail, disposa les éclairs sur une assiette, chiffonna le papier qu'elle jeta nerveusement à côté de la poubelle, puis fit glisser la canette sur la table.

« Pour vous. »

Les mains d'en face s'écartèrent, un visage émacié se leva vers elle. En superposant mentalement les photos qu'elle avait vues de lui, elle le devinait, le reconstituait, colorait ses pupilles et ses joues ; traçait l'arête du nez, puis le contour de l'œil en amande, ourlait les lèvres, arquait les sourcils, équarrissait les dents. Elle le trouva vraiment beau – peut-être étaient-ce ses yeux de chat qui craignaient la lumière, sa bouche aux contours tristes, son torse si mince. Peut-être était-ce tout simplement parce qu'il était sorti de sa chambre.

Alors qu'elle s'était demandé, tant de fois, quel serait son premier geste envers lui ; si elle lui déposerait un baiser sur la joue comme un enfant, lui serrerait la main comme à un adulte, lui tapoterait l'épaule comme à un camarade, voilà qu'elle se raidissait.

Elle empoigna l'allume-gaz, fit jaillir la flamme, remua le plat avec la cuillère en bois, gratta la surface du revêtement en Téflon, veillant à ce que ça n'attache pas. Sun Hi avait coupé de gros morceaux d'oignon rouge. Elle adorait ça. L'oignon grésilla, l'odeur s'éleva vers le plafond, comme une douce présence.

« Et voilà. Maintenant, je vais allumer, d'accord ? Un peu de lumière, tout de même. » Et, faussement grondeuse : « Il est hors de question que je déjeune face à une ombre, hein. Ah, enfin ! C'est mieux, non ? Un éclairage sur mesure, juste comme il faut. Hmmm… Et ces oignons qui grésillent. *Yummy*. Le début du bonheur ! »

Les mots sortaient d'elle en rang serré, rapides et désordonnés, comme toujours quand elle était sous le charme ou la terreur.

« Vous savez quoi, dit-elle, en mastiquant son gyoza, vous, sous la lampe, là, ça fait très *Rembrandt.* » Elle reposa sa fourchette. « Rembrandt est le premier à avoir éclairé l'individu de l'intérieur, vous le saviez, Niels ? C'est ce qui a fait de lui le précurseur de la modernité. »

Elle riait nerveusement. *Arrête de sortir ta science, bon sang !* Elle s'interrompit brusquement, s'interdit de lever les yeux vers le visage de Niels, comme on retient un cheval qui veut sauter une haie. Ne pas l'effaroucher.

Elle saisit la fourchette en argent. Le riz à l'ail était bien relevé.

« Goûtez-moi ça, Niels, vous avez une cuisinière hors pair. Pardon, hein, je vais dépiauter la crevette avec mes doigts. J'ai toujours peur d'avaler de travers… Il paraît que c'est un truc de vieux, l'angoisse de s'étouffer. De vieux ou de gens seuls. C'est sûr que si personne ne nous met une tape dans le dos… »

Et voilà. *La gaffe…*

Il acquiesça d'un hochement de tête, puis attrapa sa fourchette de la main gauche et, de la pointe de son couteau, y disposa une rangée de grains de riz, qu'il fit ensuite glisser entre ses lèvres.

Elle attaqua sa deuxième gamba, tout en tentant de se rappeler leurs échanges par mail. Mais rien ne lui venait à l'esprit.

« Il fait beau, aujourd'hui ! Vous avez ouvert la fenêtre ?

« Au fait, vous voulez que je jette un coup d'œil à votre oranger ? Pour vérifier… ? »

Il secoua la tête, ferma les yeux, disparut un peu plus loin dans sa capuche.

Elle se leva, se dirigea vers le frigo.

« Vous voulez un morceau de fromage ? Camembert ? Niels ? Vous m'avez entendue ? »

Elle se retourna. Il attrapa une feuille et un stylo, qu'il avait déposés sur la table sans doute avant qu'elle n'arrive et y écrivit avec application : *Pas faim, mais merci quand même.*

L'œil de Susie glissa vers lui : il avait à peine touché au riz, et mangé une demi-crevette.

Elle se demanda s'il jetait le contenu de ses assiettes dans la poubelle de sa chambre. L'odeur qui y régnait devait être infecte. Mais là, face à elle, il semblait tout juste sorti de sa douche.

Il fit un geste de la main, puis reprit son stylo :

*Merci pour la fresque. Le mec me donne envie de refaire du skate.*

Susie sourit. Elle retrouvait *son* Niels. Oh, comme c'était gentil, elle s'était tout simplement inspirée d'un reportage sur la Californie. Difficile de l'expliquer, certaines images étaient des Muses. Comme un shoot d'adrénaline.

Est-ce qu'il connaissait Yadegar Asisi ? Il adorait peindre les murs et avait reconstitué celui de Berlin. Était-il déjà allé à Berlin ? Non ? Eh bien, Asisi, avant de se mettre à la tâche, sillonnait la terre entière, de l'Amazonie à la Grande Barrière de Corail, pour prélever des tas de petits objets, coquillages, plumes d'oiseau, morceaux de tissu... Et ensuite, il s'enfermait dans son petit studio pour peindre. Elle, elle n'avait pas besoin d'aller aussi loin. Tout l'inspirait, une sacrée chance. Qui disait ça déjà ? Je ne cherche pas, je trouve. C'était génial de s'immerger dans une œuvre ; c'était comme partir en exploration sur une autre planète. Elle ne pensait à rien d'autre. Ça, c'était un truc à savoir. Pour éviter l'ennui, il n'y avait que ça. Peindre. Écrire, peut-être. Peindre, en tout cas.

« Un café ? Un thé ? » proposa-t-elle.

La chaise racla le sol. Il était vraiment grand, plus d'un mètre quatre-vingt-dix, il flottait dans son jean. Elle l'observa du coin de l'œil. Sa capuche avait très légèrement glissé sur les tempes, découvrant un profil gracieux, confirmant l'ourlé des lèvres, la régularité des dents, la moue boudeuse, l'intensité du regard. Elle eut un coup au cœur. Oui, c'était bien ça. Il avait la grâce de Timothée Chalamet, dans ce film qu'elle avait adoré, *Call me by your name.*

Il attrapa la bouilloire, la remplit d'eau.

Susie se détendit. Elle avait déjeuné dans un état de crispation totale, le buste en avant, assise sur la pointe des fesses.

Quand il se réinstalla face à elle, elle l'examina plus précisément. À l'exception de son teint un peu pâle, qui aurait deviné qu'il n'était pas sorti de sa chambre depuis treize mois ?

Elle pensa à la requête d'Irène lors de leur premier rendez-vous : « Si vous le croisez à nouveau, pourriez-vous essayer de le photographier ? » Elle pourrait le lui dessiner, ça, oui, même sans appareil. Clic ! clac ! Kodak.

Il attrapa la cuiller à moka, minuscule dans sa longue main, écorna légèrement le glaçage de l'éclair, puis reposa la cuillère et reprit son stylo.

Quand il eut fini d'écrire, il glissa le papier vers Susie, l'œil rasant la table. Elle allongea la main, et attrapa la feuille du bout des doigts, si rapidement qu'à un quart de seconde près son index aurait pu effleurer le sien. Elle eut un haut-le-corps.

*Parlez-moi d'Esther.*

Sa mâchoire se durcit, comme si quelqu'un l'avait frappée d'un coup de marteau. C'était donc pour cela qu'il avait accepté le déjeuner ? Elle laissa quelques secondes s'écouler puis sa voix vibra, avec un timbre qu'elle jugea déplaisant. Elle le fixa d'un œil vide.

« Ouvrez-moi ce store. Sinon, on termine son éclair, on avale son café, et on s'enferme chacun chez soi. »

Il se leva à nouveau, lentement, et tira sur la cordelette. La lumière pénétra dans la pièce. C'était un gosse, au fond. On lui promettait une histoire et il obéissait.

« Je vais vous raconter. Enfin, une partie. Ensuite, on se remettra à parler de fresques, de mer démontée et de mainates. C'est entendu ?

— O.K. », murmura-t-il.

Son premier mot.

« Je ne sais jamais par quoi commencer. On avait un an d'écart, On nous demandait souvent si nous étions jumelles… Nous étions pourtant si différentes. Elle était tellement solaire. Elle n'était pas du genre à vivre dans le passé comme moi. Elle réfléchissait toujours avant d'agir. »

Susie découpa un petit morceau de biscuit et eut un rire sec :

« Oh, elle ne serait pas partie, elle, en Amérique du Sud sur un coup de tête. Je l'entends d'ici : "D'abord, tu fourbis tes armes à Paris." J'ai toujours pensé que, de temps en temps, le corps devait prendre les décisions. Trop réfléchir, ça vous tue. Non ? »

Elle eut une pause de quelques secondes. Une sorte d'agacement montait en elle. « C'est pénible, à la fin, cette mode des capuches. On ne reconnaît personne. »

Ses doigts tremblaient légèrement. Elle pensa au bébé qu'elle portait. Pouvait-elle raconter tout ça sans lui faire du mal ?

« Sachez que ça ne m'amuse pas du tout, mais alors pas du tout, de revenir sur cette histoire. »

Il plaça très lentement ses longues mains sur ses oreilles, et tira légèrement la capuche vers l'arrière, découvrant sa mèche, ses larges cernes bleuâtres, mais surtout ses yeux bleu-vert, incandescents, des yeux qu'on n'avait plus à trente ans. Quand il la fixa, elle se sentit partir.

« Et arrêtez… de me regarder comme ça. »

Il ouvrit la bouche, à vide, puis se mit à écrire à nouveau.

*Je vous raconterai ensuite.*

« Ah, reprit Susie, soulagée, alors qu'elle avait déjà capitulé sans même peser ni même envisager les termes de la négociation, alors O.K. Donnant-donnant. Esther avait pris les billets six mois à l'avance. Elle les avait brandis sous mon nez, victorieuse : "Tu vois, j'ai eu la fosse, alors que, si je t'avais laissée faire, on serait sur les gradins !" On s'était donc préparées à passer une super soirée, avec nos copains Marion et Vincenzo. »

Dans un hochement de tête, il l'incita à poursuivre.

« Soudain, les claquements secs, vers dix heures moins dix. Mon corps a compris immédiatement le danger. Je me suis jetée par terre, tandis qu'Esther riait "Mais ce sont des pétards". Elle ne faisait rien sans avoir évoqué une hypothèse, vérifié les résultats.

« Je vous ai dit qu'elle était en deuxième année de véto ? C'est elle qui a acheté M. Paul. Elle était si fière de lui. Elle me disait "Je lui ai appris 25 phrases, tu te rends compte ? 25 phrases et 500 mots. Et il sait même siffler *La Marseillaise*, et *Ne me quitte pas*". C'est indiscret, de récupérer le mainate de quelqu'un, maintenant je sais que son copain l'appelait "mon petit cul". »

Elle hocha la tête :

« Désormais, c'est moi qu'il appelle comme ça, M. Paul. Il m'appelle aussi Esther. J'ai beau lui répéter "Susie", ce connard d'oiseau reste englué dans le passé.

« … Si je commence à pleurer maintenant, je ne suis pas sortie de l'auberge. Vous me passez une serviette ? La mienne est tombée. Merci. Reprenons. Esther et son fichu esprit rationnel. Moi j'avais compris qu'on était tirés comme des lapins. Je ne vais pas vous faire un dessin, mais je l'ai vue s'écrabouiller par terre. J'hésite entre "s'écraser" ou "tomber", mais vous imagineriez alors un corps chuter lentement, les bras à l'horizontale, comme un oiseau. Alors qu'il y avait du sang qui giclait de ses yeux, de ses oreilles, je crois, et elle poussait des petits râles – c'était peut-être déjà l'agonie, je ne sais pas.

« Il y a eu d'autres bruits. D'autres corps. Très vite, j'ai été distraite d'Esther. Je m'en veux tellement de ne pas l'avoir vue mourir. Mais les images étaient folles. Du rouge sombre, du rouge vif, du rosé. Mon cerveau patinait. Hébété. Enfin, ça, ce sont les mots que je peux poser maintenant.

« On n'a aucun élément de comparaison. Quand on traverse ça, on part très loin, vous savez. On est jeté hors de ce monde. Je me souviens juste de l'odeur de fer et de poudre qui piquait nos narines. De cette pétarade, qui n'en finissait plus. Des cris.

« Et puis, dans mon oreille, une voix, sifflante. Vincenzo. “Fous-toi sous elle, fais le mort.” Il s'est glissé sous le corps d'une fille qui avait pris une balle en pleine face, ou dans le cou, je ne sais pas, mais c'était pas beau à voir. J'ai fait comme lui, je me suis cachée sous Esther. Je sentais le sang couler dans mon cou, de son cou vers le mien. J'ai pensé à l'été, chez Granny. On était allongées sur l'herbe, toutes les deux, c'était l'été et on riait. Il me semble alors avoir entendu les supplications de ceux qui vivaient encore, mais c'est sûrement un faux souvenir. Faut se méfier, on en a tellement entendu, après, dans les médias. En tout cas, ce dont je suis sûre, c'est que, à ce moment-là, le silence m'a engloutie.

« Certains rescapés disent qu'ils se sont endormis. Moi, je pense que je suis morte. Je me suis même demandé si mon cœur ne s'était pas interrompu pendant quelques minutes, comme dans une transplantation cardiaque, tu sais, quand on le réserve dans un bac d'eau glacée. Pardon, je vous ai dit *tu*. Bref, ça ne m'a plus quittée, depuis, cette facilité à m'absenter de moi-même. Quand je peins, je deviens le palmier, le singe ou le mainate. Mon moi millimétrique se niche partout. C'est depuis ce jour, cette nuit-là. »

Susie releva la tête. Le visage de Niels était blême, ses yeux baissés. Elle connaissait la violence de son récit. Après les attentats, le seul journaliste qui l'avait interviewée s'était mis à regarder de côté. L'angoisse arrivait, elle la frôlait du bout de son aile.

Elle se dressa sur ses jambes.

« Je dois partir. »

Il demanda d'une voix sourde :

« Demain ? »

Elle secoua la tête de façon anarchique – était-ce un « oui » ou un « non » –, et finit par lâcher : « Midi trente dans la cuisine. »

Il se leva, légèrement courbé, et disparut à nouveau sous sa capuche, comme il était venu. Susie pensa à ces cocottes en papier, que les enfants ouvrent pour y lire un secret avant de les fermer scrupuleusement. Lui aussi s'était déplié, puis replié. Sans un mot ou presque. Elle s'en voulait d'avoir cédé aux exigences de Niels. Elle lui en voulait aussi de ne rien donner en échange. Et cette irritation, elle l'accueillait de tout son cœur, sachant très bien qu'elle l'aiderait à surmonter l'angoisse.

Elle frotta le plan de travail, puis arracha une feuille de son cahier.

*Ça doit rester entre nous, O.K. ?*

Elle glissa le mot sous la porte grise, et, regrettant soudain la rudesse du ton, lança : « Bonne nuit, Niels, à demain », bien qu'il ne fût que 14 heures.

# III

## Le jeune homme au skate-board

*« Le Kintsugi consiste à réparer les poteries cassées avec de l'or. Au lieu de cacher les cicatrices de l'objet, on les souligne, car elles font partie de notre histoire. N'oubliez jamais d'exploiter les failles et fêlures de vos murs. Vous vous apercevrez rapidement que cette singularité confère de façon paradoxale une dimension universelle à votre œuvre. »*

La Bible des Fresques

# CHAPITRE 17

## Organique

T*AKE MY HAND, come under cover, They can't hurt you now Because the night… belongs to lovers.*

En chantonnant, Susie traça la silhouette du jeune homme, genoux fléchis, baskets en équilibre sur la planche, buste en torsion. Elle affina sa poitrine et allongea ses mains – s'inspirant de celles de Niels. Avec son petit « gris », elle traça les sourcils, l'ombre de moustache, le jeu des boucles sur le front.

Redescendue de la plateforme, elle consacra un certain temps, assise au bureau, à parfaire la tonalité du T-shirt bleu-gris. La juste nuance ne sortait jamais directement du tube, c'était le produit d'un mariage subtil.

Il était midi vingt-cinq quand, alertée par le tintement des couverts elle regagna la cuisine. Niels l'attendait, dos à la fenêtre, sa sempiternelle capuche sur la tête. À demi baissé, le store laissait apparaître une table soigneusement dressée.

Elle salua son hôte et souleva le couvercle de la cocotte en fonte : curry de poisson au lait de coco. Elle huma en fermant les yeux.

« Est-ce que tu sens la coriandre, et le basilic ? Ça ne t'ennuie pas si je te tutoie ? Non ? Quand tu sortiras de ta chambre, je veux dire vraiment, tu prends le premier avion pour la Thaïlande et l'île de Koh Chang. Ou une autre île du coin. Tiens, d'ailleurs, je pourrais peindre sur notre mur la jungle thaïlandaise. Quand j'étais petite, j'ai fait une balade à dos d'éléphant là-bas, à Koh Chang. Et si je transformais notre skate en pachyderme, hein ? Tu en parles à tes parents ? Bon, trêve de plaisanterie, tu ouvres le store ? Non, pas à moitié, parfait comme ça ! »

Quand la lumière inonda la table, Susie admira la splendide (elle se surprit à utiliser ce terme tout droit sorti de la bouche de Granny) vaisselle dans les tons provençaux, bleu et jaune, assortie à deux verres à pied et deux serviettes en lin bleu profond.

Elle s'extasia sur la santé du petit oranger, placé au centre de la table, sa couleur vert tendre (alors que les feuilles du sien trahissaient de-ci de-là quelques flétrissures). Puis, devant l'insistance muette du regard incandescent, elle ouvrit la porte du réfrigérateur et en sortit une bouteille à moitié entamée. « Pardon », s'excusa-t-elle, ne sachant trop si elle s'adressait à la communauté des obstétriciens, au fœtus ou au jeune homme, « j'ai besoin d'un petit remontant. »

Elle déboucha la bouteille, la proposa à Niels qui secoua la tête. Un glougloutement festif rompit le silence.

« Pendant que j'étais là, juste à côté d'elle, j'ai pensé à l'été d'avant. À l'île d'Eubée. Toutes les deux, on marchait dans l'eau transparente, nos masques à la main. On n'avait même pas besoin de mettre la tête sous l'eau pour voir les girelles-paons ou les Napoléons. Quoi, ne me regardez pas avec ces grands yeux. Quand on n'a que quelques secondes à vivre, mieux vaut se concentrer sur la crête argentée des vagues. Je me disais : je veux revoir ce scintillement. Je veux revoir la mer.

« Et soudain j'ai entendu Vincenzo hurler. Il était touché. Et là, j'ai pensé : À toi, ma vieille.

« J'ai vu une basket à quelques pas de moi, une seconde, qui est venue taper contre la première, comme pour exécuter un pas de militaire. Les Nike sont reparties. Vincenzo avait été fait comme un rat, et moi j'étais là. Morte-vivante.

« J'ai su après que la plupart des rescapés s'étaient débrouillés pour porter des corps, tirer des demi-morts par les bras ou les jambes. On a parlé de petites poches d'humanité, au sein de la barbarie. Peut-être. Moi, je pense que cette horreur avait dissous la conscience de soi ; qu'on avait tous, à ce moment-là, besoin d'aider quelqu'un d'autre pour se faire croire qu'on était vivants. Enfin, à moitié vivants, quoi. L'enfer on s'en sort à deux, hein Niels ?

« Mon sauveteur de la BRI m'a détaillée du regard de haut en bas. Et j'ai vu alors ma hanche écrasée, le sang… Tout ce sang… J'ai commencé à souffrir. Pardonne-moi Niels, mais c'est toi qui voulais savoir. Le flic m'a mis une couverture de survie et m'a attrapé le bras, en me demandant de regarder en l'air, pas en bas, dans la fosse.

« Évidemment, miss Morbide s'est réveillée. Tu penses bien que je les ai ouverts, les yeux. »

Une lame de fond la submergea, une vague qui s'ancra dans son estomac, creusa au plus profond d'elle-même, derrière les côtes, le plexus solaire, déferla dans ses yeux :

« J'ai vu des gens… c'était affreux. Des amas de corps entremêlés, des genoux qui pointaient en l'air, des jambes tordues dans des positions obscènes. Des corps… Des têtes… »

Susie secoua la tête, ruisselante de larmes. « Je l'ai compris à ce moment-là, Niels. L'enfer, il est là… C'est le réel qui se disloque. C'est une musique qui se détraque. Le vrai cauchemar ne vient pas d'un autre monde, mais du palier d'en face.

« En sortant de la salle, je n'ai pas pensé à elle. C'est dehors, en regardant le visage d'une fille, une vraie madone sous son voile d'or, que je me suis souvenue.

« J'ai voulu rentrer dans la salle, je ne lui avais pas dit au revoir. On ne m'a pas écoutée, on m'a poussée dans une ambulance, avec ma jambe ensanglantée. Le policier m'a dit : “On ne peut plus distinguer les cris de panique de ceux des blessés, vous avez eu tellement de chance.” » Alors, je me suis tue.

Face à elle, Niels allongea un bras démesuré, et effleura ses doigts, avec une gaucherie si tendre qu'elle lui sourit derrière ses larmes.

« Il a fallu faire le compte des morts. Esther, Vincenzo, Marion. Une fille enceinte dont j'ai oublié le nom. Les gens avec qui on avait sympathisé dans la file d'attente, eux, s'étaient cachés dans les loges ou les faux plafonds des toilettes. Quarante dans un espace prévu pour trois. Traqués mais sauvés. »

Susie expliquait. Les séquelles n'étaient pas apparues tout de suite, car la terreur grandissait, rancissait ou se transformait. La peur restait tapie, sans rien dire, en eux, métabolisant les restes. Et c'est cela qui créait les monstres, ces fameux monstres nés des peurs. Certains se lavaient dix fois par jour, récuraient au Kärcher les murs de leur maison. D'autres passaient leurs nuits à fixer le plafond. Un « chanceux » qui s'en était sorti avec une estafilade au genou ne pouvait plus regarder un dessin animé avec son fils sans hurler.

« Et toi ? demanda Nils dans un filet de voix.

— Moi ?... Elle hésita, le fixa dans les yeux. J'ai *rapetissé.* C'est arrivé après les cinq opérations de la hanche, donc, bien sûr, j'ai imaginé en toute logique qu'ils m'avaient raccourcie. Oui, oui, c'est sûr, je devais être bien amochée pour penser ça, ou bien droguée. Ça m'a prise à Chevreuse, au centre de convalescence. J'avais la taille d'une pâquerette, au milieu d'herbes grandes comme des peupliers. J'étais un coquelicot, le vent soulevait ma robe, ébouriffait mes pétales, les dispersait dans le pré. J'avais tellement peur du vent, tu ne peux pas savoir.

Elle secoue la tête :

« Je suis devenue folle, je crois, et... »

Niels l'interrompit, et la fermeté de sa voix la surprit autant que s'il avait posé ses mains sur ses épaules.

« Non, non, non. Les fous, ce sont ceux qui vivent comme des robots. Pas foutus d'écouter les autres. Enfermés en eux-mêmes. Ce sont eux, les vrais malades. »

Susie hochait la tête. Il était si étrangement mûr pour son âge – comme si sa réclusion l'avait fait vieillir : « Oui, peut-être, oui, sûrement. »

Elle renifla. Elle attrapa la serviette en tissu bleu et se moucha bruyamment dedans.

« Et Esther, interrogea Niels, elle est où ? »

La mâchoire de Susie se durcit. Elle n'avait jamais pu y aller, mais bientôt, elle aurait la force d'y planter l'arbuste. Elle l'avait acheté pour ça.

« Oh, ça ne signifie pas que je ne pense pas à elle. J'ai passé des journées entières à scruter nos photos d'enfance. Esther à trois ans, à six ans, à huit ans... Est-ce que ce destin pouvait se deviner, quelque part, dans ses yeux ? Sur son air orgueilleux ? Son sourire un peu triste, parfois ? Est-ce que ça pouvait se voir, ces choses-là ? Est-ce que la mort s'annonce comme un stigmate, avec un genre de halo ? »

Niels plissa les yeux.

« Le type, là, le skateur, sur la fresque… Il a quelque chose dans le regard. Il est terrorisé.

— Tu es sûr ?

Niels hocha la tête. « Oui, oui, et toi… » Il fit glisser son index sur sa joue, de la paupière au menton.

« Qu'est-ce que… ? Susie attrapa son couteau pour s'observer dans la lame étincelante. Sa joue était striée de larges coulures noires. Elle la frotta avec sa serviette.

« À toi, maintenant Qu'est-ce qui s'est passé ? Si on m'enfermait chez moi, je mourrais asphyxiée. »

Il secoua la tête.

« Je suis trop fatigué. Demain.

— Promis ? dit Susie.

— Promis-juré. »

Elle lui faisait confiance, elle-même était exténuée. Elle allait s'allonger sur le canapé trente petites minutes avant de partir pour éviter une catastrophe.

« Oui, oui, pas de problème », murmura le jeune homme.

Elle le dévisagea une dernière fois. Actionna sa caméra intérieure. Il avait une fossette sur la joue droite, des cernes bleutés, une bouche aux contours tristes, mais il était bouleversant. Devant son teint, si pâle, l'émotion la submergea à nouveau. Elle allongea le bras droit, serra la main du jeune homme – une hirondelle blessée entre ses doigts. Puis Niels se leva, et s'enfuit dans le couloir.

# CHAPITRE 18

## Panique

UNE DÉTONATION SÈCHE, des cris rauques, des halètements saccadés.

La porte, où est la porte. Susie était perdue dans la nuit, les bras crispés, le cœur palpitant contre sa gorge. Ses yeux repérèrent la lueur du téléphone.

Elle se retourna en tremblant entre ses draps puis, comme une phalène tombe en piqué vers une source de lumière, pressa sa tête contre l'épaule de Milad – toucher l'autre, vivant. Le profil du jeune homme se découpait dans la nuit, nez fin, boucles brunes. Même dans son sommeil, il souriait.

Combien de temps allait-elle être encore traquée ? La rudesse des mots prononcés hier avaient-ils déchiré le voile qui la protégeait de l'horreur ?

À 4 h 25, de guerre lasse, elle écarta délicatement de son ventre la main souple et chaude de Milad, se leva et alluma son ordinateur.

*Niels,*

*Tu dors ??*

*Je l'ai posée tant de fois, cette question, qu'elle me saoule moi-même. « Esther, tu dors ? » « Maman, tu dors ? »*

*Je suis la Super-Vigilante, toujours sur le qui-vive.*

*En classe de neige, une toux, un pépiement d'oiseau, et j'étais éveillée… Aussitôt démarraient les heures froides, les yeux au plafond, le détricotage de la journée passée, la hantise du jour qui se lève, de la fatigue, de l'angoisse tord-boyaux. Une nuit, j'avais croisé un moniteur : « Oh, mais tu ne dors pas ? — Je ne dors jamais, avais-je répondu, menton en avant, comme si l'insomnie était un signe de haute distinction. — Mais… Tu as 9 ans ! Et ta sœur, elle dort, elle ? »*

*Ma sœur est parfaite. Elle vit le jour, elle dort la nuit, répétais-je. En plus elle est jolie. Le moniteur avait ri, avant de me sommer de me recoucher.*

*La nuit, quand je ne dessine pas mes maquettes, j'écris des mails que je range comme « brouillons » avant de les adresser au destinataire le lendemain, pour éviter la sempiternelle remarque. « Tu m'as écrit à 2 heures du matin ?! » Voilà ce que je pourrais leur répondre, à tous ces « bien dormants »*

*1/ Réaliste : « Je ne dors JAMAIS vraiment. »*

*2/ Militaire : « Il me reste un peu de mitraille dans la hanche droite. »*

*3/ Comptable : « Je ne dors que de 1 heure à 3 h 44. »*

*4/ Glaçante : « La nuit, je couve le fantôme de ma sœur. »*

*Je te prie de m'excuser, Niels. Une digue a lâché en moi.*

*Ne t'inquiète pas : je vais dés-épouvanter le regard du skateur.*

*Je me suis d'ailleurs demandé, hier, si je n'avais pas depuis deux ans laissé échapper quelques petites touches de terreur de-ci de-là, sur mes toiles, dans les yeux d'un bœuf ou d'un monstre marin.*

Susie mordilla sa lèvre. Observa face à elle, le ciel et ses reflets violets, sur lequel se découpait, comme une ombre chinoise, le châtaignier aux branches noires – c'était aussi beau qu'un tableau de Caspar Friedrich.

*Niels je ne viendrai pas demain (enfin, tout à l'heure, parce qu'il est déjà 5 h 30, hein). Dans la cuisine, pendant que je te parlais, mon bébé s'est rencogné dans un coin de mon ventre. Je te verrai après-demain, et cette fois, c'est toi qui parleras.*

*Susie.*

Elle envoya le message et en commença un autre, destiné à Sandra Martins. Se souvenait-elle du jeune homme enfermé dans sa chambre ? Il y avait du nouveau. Susie pianotait, avec une sorte d'allégresse, comme si elle revivait encore et encore l'excitation de voir Niels pousser la porte grise ; et comme si ce plaisir se décuplait par le simple fait de le raconter, qui plus est, à une psychologue. Le problème, ajoutait-elle, c'est qu'elle ne l'avait vraiment pas épargné avec son récit morbide. Est-ce que Sandra accepterait de la rencontrer, un de ces jours ?

Pauvre homard sans carapace, pensa-t-elle, en envoyant son texte dans l'espace « Brouillons ».

*De Susie Pritt à Jeanne-Marie S.*

*Chère Madame,*

*Merci pour votre carte. Quelle magnifique bastide ! Ma grand-mère a dû vendre la sienne après le décès de mon grand-père, mais j'y ai des souvenirs émus : il y avait des citronniers, un figuier, des bébés lézards, et deux tortues de jardin nourries aux bonnes épluchures de figues.*

*Nous avons décidé, mon ami Milad et moi, d'accepter votre proposition.*

*Étant donné que – si j'ai bien regardé vos photos –, votre évier est déjà décoré d'une frise gréco-romaine, je vous propose un fond jaune ocre traversé de tons terre de Sienne à l'éponge, sur lequel figureraient une série de trois amphores de différentes tailles. Sur la droite, je dessinerais un arbre méditerranéen : soit un olivier, soit (ce qui me plairait davantage) un figuier. L'effet serait tout à fait charmant : vous auriez du soleil, mais aussi de la verdure – ce qui nous permettrait de faire le lien avec l'extérieur.*

*N'ayez aucune inquiétude pour le poteau porteur. J'ai l'habitude de tirer parti des imperfections de la surface. Je pourrais l'intégrer au décor, en y peignant sur la face intérieure une niche en trompe-l'œil, qui abriterait une statuette en pierre.*

*P.S. : Concernant le « Nu » de votre chambre, je me tiens à votre disposition pour effectuer toute modification que vous jugerez nécessaire.*

Susie ferma les yeux et, bercée par ce calme, qui succède aux crises d'angoisse, dorlotée par les effluves du figuier imaginaire, se rendormit vers 6 heures. Elle sombra dans une de ces torpeurs qui vous anesthésient comme un gaz quand vous prenez le soleil sur la plage en plein midi.

Une sonnerie fâcheuse, impatiente, la réveilla. 9 h 55. Deux ans qu'elle n'avait pas dormi si tard. Elle n'avait même pas entendu Milad se lever !

« Oui ?

— Susie Pritt ?

Cette voix, haut perchée, tendue comme un arc. Irène Wagner.

« Oh », fit Susie, la bouche pâteuse. Elle se redressa légèrement. « Bonjour. Comment allez-vous ? Et Niels ?

— Moi ? fort bien, répondit la voix aiguë. Quant à Niels, je vous avoue ne pas savoir. Tout simplement parce qu'il n'est plus là ! Il a disparu !

— Disparu », répéta Susie, encore groggy.

Elle tenta de se concentrer, en s'extirpant progressivement de ce brouillard. Il était 9 h 58. Elle serrait le combiné jusqu'à voir blanchir ses jointures et le bout de ses doigts. À travers la baie vitrée, les nuages s'effilochaient par endroits, laissant passer des petites touches de bleu. Dans quelques heures, ça serait plein soleil.

« Allons, mais il doit être dans sa chambre... »

Irène Wagner émit un petit rire désagréable.

« Il n'y a plus personne derrière la porte, je vous dis. Vous m'entendez ?

— Oui

— Hier, en fin d'après-midi, Xavier étant en déplacement à Bruxelles, je suis venue pour déposer devant la porte de Niels son plateau-repas. Et je lui ai proposé que nous dînions ensemble, puisqu'il acceptait désormais de... de déjeuner avec des inconnues. »

Susie chancela sous le coup, comment savait-elle ! Tout à fait réveillée, elle balbutia. « Oui, j'aurais peut-être dû vous prévenir... Il faut me faire confiance, je... je suis en train de l'amadouer...

— Vous m'aviez promis de me tenir au courant... Oh je ne dis pas que je ne suis pas heureuse que vous l'ayez vu, mais...

— Je suis désolée, vraiment. J'ai été prise de court. » La voix de Susie frémit : « Vous vous imaginez ce que cela représente pour moi ? Franchement, je n'en connais pas beaucoup, des collègues qui auraient poursuivi leur travail, en sachant que... qu'un jeune homme est enfermé non-stop ! Et dans ma situation... »

Irène se radoucit.

« Je vous prie de m'excuser, j'avais oublié… votre *souci.*

— Je suis juste enceinte. Je n'ai aucun problème, moi ! »

Un silence s'installa. Susie soupira :

« Rassurez-vous, Niels n'a pas l'air d'aller mal. Mais je vous avoue que je suis… fatiguée. Je me demande si vous ne devriez pas faire faire le mur nord par quelqu'un d'autre. »

Un silence encore plus lourd s'abattit à l'autre bout du fil. Irène était au bord des larmes. « Oh non, ne me faites pas ça. Si l'une des deux est malade, vous avez raison, c'est bien moi… Malade de mon fils ! Et, vous savez, je ne vous espionnais pas : j'ai juste voulu ranger ma tasse dans le lave-vaisselle… Et j'ai vu les assiettes, les verres… » Elle s'interrompit.

Susie se demanda si elle avait fouillé dans la poubelle et vu les mots froissés de Niels.

« Croyez-moi, répéta Irène. Je vous suis tellement reconnaissante. »

Susie se rapprocha de la fenêtre, combiné en main. Contrairement à ses prédictions, le ciel s'était chargé à nouveau. Sa voix se feutra. « D'où vient votre certitude ? Vous avez ouvert la porte ?

— Non, bien sûr que non, répondit Irène. Je suis strictement incapable de forcer sa porte. Mais certains indices… Le plateau-repas, intact. La canette de Coca, les biscuits, la rose, que j'avais déposée. Rien n'avait bougé. Alors… J'ai débranché la connexion Internet (elle eut un rire sec). À chaque fois, cela donne lieu à une crise de rage… Mais hier, rien. Ce matin, rien non plus. Et puis, une mère sent ces choses-là. Vous pourriez tout de même me faire confiance… J'ai peur. Susie ? reprit-elle. Vous êtes là ?

— Je suis là, murmura Susie. J'irai cet après-midi. »

Elle entendit un soupir de soulagement. « Prenez un taxi. Prenez tous les taxis que vous voulez... J'aurais tout donné pour qu'il sorte, et maintenant... Je suis tétanisée à l'idée qu'il soit parti. Mais qu'est-ce qui lui est arrivé, mon Dieu ?

— Rien de grave, j'en suis sûre.

— J'en suis sûrrrr mon amourr, roucoula M. Paul.

— Qu'est-ce que... ? On dirait une voix d'enfant. »

Susie sourit :

« Oui, un sale gosse ! Un mainate d'Indonésie... Je ne vous ai jamais parlé de lui ? Niels aimerait d'ailleurs que j'en peigne un sur... »

Elle se mordit les lèvres. Elle pourrait tout de même éviter de pérorer... Quel manque de tact. « Je vais commander un taxi, j'ai les clés, le badge, le code, tout ce qu'il faut. Ah, encore une chose. Vous m'autorisez à ouvrir sa porte ? »

Cinq secondes s'écoulèrent.

« Oui. Bien sûr, répondit Irène. Mais... ne faites pas effraction. » Susie se fit la réflexion qu'Irène reprenait à son compte, assez gauchement, la formule de la psychologue.

« Ne vous inquiétez pas pour ça, répondit Susie. J'ai ma façon de faire. » Et elle raccrocha.

# CHAPITRE 19

## Cosmique

SORTIR DE LA VOITURE, GRIMPER LES MARCHES, BIPPER. Pénétrer dans le hall, fulminer contre la grille trop lente. Faire chuinter ses chaussures au lieu de les faire claquer, baisser la tête devant la loge de la gardienne, tenter de passer inaperçue. Se demander si ses battements de cœur n'allaient pas la trahir. Tourner la clé dans la serrure, tirer doucement la porte derrière elle…

Un effluve de parfum capiteux la submergea – celui d'Irène. Susie avait lu quelque part que, pour les jeunes, les mères parlaient, vivaient, sentaient trop fort. Elle imagina Niels sous sa capuche, en apnée.

Elle retira ses sandales, emprunta le grand couloir, bifurqua à droite, louvoya à gauche : la cuisine, la chambre d'amis, le bureau. Et, enfin, la porte grise.

Sur le seuil, le plateau contenait une assiette remplie d'une cuisse de poulet, d'une petite montagne de purée figée et d'une salade huileuse aux feuilles déjà flétries. Sous son papier cristal, une rose, d'un ton orangé bordé de jaune, mourait doucement, elle aussi.

Elle sursauta : la queue en l'air, Mowgli approchait précautionneusement la truffe vers la fleur. Elle s'accroupit, lui caressa l'échine, gratta ses moustaches.

« Bonjour, toi ! Alors, tu sais où est ton maître ? »

Du bout du pied, elle poussa le plateau vers la gauche, frappa trois petits coups et colla l'oreille sur la paroi. « Niels ? Ni-iels ? » L'odeur de la vinaigrette lui soulevait le cœur.

« Je me suis toujours juré de ne pas pénétrer dans ton abri antiatomique mais tu n'as répondu à aucun de mes onze messages. »

Elle hésita à évoquer Irène – mais depuis quand l'inquiétude d'une mère était-elle un argument pour son fils ?

« Voilà ce que je vais faire. Je vais travailler un peu à la fresque, rectifier le regard du jeune homme. Ça te laisse quelques minutes. Si tu ne donnes pas signe de vie, j'ouvrirai la porte. »

Même sans soleil, la fresque apportait une chaleur indéniable à la pièce. Elle approcha son visage de celui du jeune homme, grimaça. La pupille était en effet bien trop dilatée pour un soleil de midi.

Elle appliqua son masque, trempa son pinceau dans la térébenthine, rétrécit la pupille, élargit l'iris en y dessinant de très fins filaments verts, noirs et or, en forme d'étoile. Ah, voilà qui était mieux. Son regard n'avait pas seulement perdu le soupçon de terreur, il était même devenu apaisant.

Elle s'assit par terre, s'employa à nettoyer sa palette, puis ses pinceaux, pour en retirer, poil après poil l'agrégat de pigments. Elle se versa un verre d'eau fraîche dans la cuisine, puis retourna vers la chambre du jeune homme.

Elle avança, approcha son visage du chambranle de la porte. Il était presque 16 heures. « Niels ? Niels ! Tu te manifestes, là ? Bon… Tu ne me laisses pas le choix. »

Susie saisit la poignée, le cœur au bord des lèvres. Une odeur animale de cuir tanné et de renfermé la prit à la gorge. Elle tâtonna, bras tendus, dans le noir. Elle repéra sur la droite le bourdonnement continu d'un miniréfrigérateur.

Elle finit par trouver l'interrupteur. Zut, ampoule morte. Les bras devant elle, les yeux habitués à l'obscurité, elle se dirigea vers le lit. Ah finalement, la lumière.

Une pile de vêtements roulés en boule, devant elle, formait un monticule que Susie escalada. On ne savait plus où porter le regard : entre les canettes disposées comme un rempart autour du lit, les boîtes vides des biscuits, l'amoncellement de livres désarticulés, démembrés, ouverts, pliés, cornés.

Par acquit de conscience, elle secoua la couette – personne dessous –, slaloma entre les T-shirts épars, rejoignit le cabinet de toilette, avisa les W.-C., le lavabo, le placard, la lucarne condamnée par une serviette éponge.

Elle retourna vers le bureau jonché de feuilles imprimées. Il semblait avoir déguerpi en laissant l'ordinateur ouvert, l'imprimante allumée, le casque en équilibre sur le dos de la chaise. Elle rassembla du plat de la main les papiers épars et retint son souffle.

C'était *son histoire*, leur histoire, à tous, développée, sur une quinzaine, une vingtaine, une trentaine d'articles, tous datant de la mi-novembre 2015. « Elle fait la morte pendant trois heures », « Sauvée par sa sœur », « Dans les loges, les faux plafonds, les vestiaires ou sous le corps des morts, ils se sont tous cachés ». Agacée, elle jeta les feuilles, comme si elles lui brûlaient les doigts. Elle leva les yeux. Sur les murs, il avait scotché une photocopie du mémorial du journal *Le Monde* – qui regroupait les visages des victimes…

La gorge sèche, le souffle court, libérée de tout scrupule, elle tira la chaise, fit tomber la pile de vêtements et s'y assit. Elle compulsa la liasse des feuillets imprimés. La plupart ne comportaient qu'un titre, en haut de page, *« Lettres à K », « Petites recettes que je ne réaliserai jamais », « Lieux à visiter pour plus tard », « Notes sur la matière noire, le voyage dans le futur. Deux minutes au bord d'un trou noir, équivalent à 40 ans sur notre planète. Le trou noir comme anti trou de ver »*.

CACHÉS

– Anne FRANK, 263, Prinsengracht : derrière la bibliothèque pivotante, une annexe (pour Otto, Margaux, Edith, Anne, et quatre autres personnes). Vie en sourdine pendant deux ans, du 12 juin 1942 au 5 juillet 1944 (arrestation, sur dénonciation). Deux ans !! à vivre en chuchotant, sans jamais sortir.

– Charlotte Salomon : réfugiée en 1940 à l'Ermitage, à Villefranche-sur-Mer, a peint plus d'un millier de toiles. Son refuge devient une souricière quand elle est dénoncée par ses voisins. *Cf*. Inglorious Bastards. La fuite.

– Charlotte Delbo : cachée rue de la Faisanderie, arrêtée là-bas (un mec parvient à s'échapper par la fenêtre d'une salle de bains), incarcérée à la prison de la Santé, puis à Auschwitz. Tatouée 31.661, elle survit en se récitant des poèmes.

— Proust dans sa chambre tapissée de liège. Replié sur lui, il survit à la solitude et aux crises d'asthme en réécrivant le passé.

— Jean Genet, poète homo, né de père inconnu. À Paris, il vit de petits larcins. Emprisonné à la Santé puis à la Maison d'arrêt de Fresnes, pendant quatre ans. C'est alors qu'il se met à écrire.

— Le 13 novembre 2015, une jeune femme déchire la mousse d'un ampli et se planque à l'intérieur. Elle s'efforce de ne pas penser à son bébé de 9 mois, pour ne pas perdre le contrôle. Elle se récite des poèmes elle aussi.

— À Daraya, près de Damas (Syrie) : une bibliothèque souterraine se transforme en abri en cas d'attaque. On s'y réfugie pour lire et fuir les bombardements.

(…)

MA VIE DEDANS, premier jour.

J'ai poussé mon coffre contre la porte, roulé mes vêtements le long des portes. C'est comme ça qu'on asphyxie les punaises de lit (se souvenir des araignées électroniques dans *Minority Report*). Ne RIEN laisser se faufiler, ni cil, ni œil. Mum m'a dit que, quand j'étais petit, pour ne pas aller à l'école, il m'arrivait déjà de pousser mon coffre à jouets contre la porte. Ré-vo-lu-tion !!

Ce jour où Mum est entrée dans ma chambre… Elle a un sixième sens ou quoi ? Ou elle a attendu toute la journée la faille, et entendu que je n'avais pas fermé le verrou ? J'ai cru que mon cœur dégringolait dans mon ventre. Me suis planqué sous le lit.

J'ai vu ses deux pieds, ses pompes qui avançaient, puis se sont arrêtées. Net. Respiration point mort. Comment j'ai fait, je ne sais pas. Mais c'est comme si j'étais dead. Mort de chez mort. DCD. Est-ce qu'on peut mourir cinq minutes puis se réveiller à nouveau ?

Susie ferma les yeux, les mains glacées. Puis, elle reprit sa lecture.

Elle m'a appelé, doucement, en pleurant, elle m'a dit, je ne vais pas ouvrir la fenêtre, je ne vais pas t'infliger ça, mais essaie d'aérer ta chambre, d'accord, minou ? Tu te caches ? Elle a attendu, et elle est partie. Je me suis levé, clac le verrou, ouf. Bravo Minou.

Ne pas être vu. Ne pas réveiller les araignées. Mettre un casque antibruit. Être bien. Descendre le store, m'allonger, regarder mon ventre monter puis redescendre. Respirer profondément, m'endormir presque. Être bien. Au début, c'était cela : être heureux, seul. Enfin sans les autres.

À partir de quand j'ai commencé à compter les pas, moi, pour aller au collège ? 1 237 pas. Compter pour ne pas penser, pour avancer comme un bon petit robot. Un Minou docile. Mais voilà, à l'intérieur, c'est pas de l'acier et des boulons. C'est du mou et des tripes. Dégueu.

Au bout de combien de temps, je n'ai plus du tout essayé de sortir de cette foutue chambre ? Mes pieds, à reculons, mon torse, tiré vers l'arrière, comme une voile qui prend le vent à contresens, mes jambes comme du coton, la sueur, bien dégueu, la boule dans la gorge, le cœur qui explose devant la grille. Putain, c'était pas faute d'essayer, vraiment. On pourra pas dire ça.

J'entendais la voix de Dad. Les premières semaines. « Allez champion », « Champion tu vas y arriver ». « Allez, je compte jusqu'à trois. » Ah ouais ? Et moi, je compte jusqu'à 5 000, connard. Pardon. Je m'excuse, mon clavier, mon écran, mon imprimante, ma carte-mère. Vilain Minou mal élevé.

Mais si vous saviez, écran, ordi, clavier, carte audio, carte-mère, combien de fois j'ai entendu ça. « Champion. » Puis « Crack ». « T'es un as », as de quoi ? De trèfle ? Pas de cœur, en tout cas. Bonjour, messieurs-dames, vous connaissez mon prénom ? Je m'appelle Champion, Crack, Minou les bons jours, doué ascendant Boutonneux.

Il faut le voir, devant les profs, les instits : « Il est bon élève, oui, mais vous diriez doué ? Ou pas ? Vous le situeriez… dans les cinq premiers ?

– Plutôt huit-dix, avait répondu Mlle Brousse, en 4e.

– Ah… Huit-dix. Sur combien ?

– Sur 32. » Il avait souri (enfin, montré les dents). Mais sur le trajet de la maison, il m'avait tiré par la main, et j'avais chaud aux joues. À chacun son paradis, hein, Dad ! J'ai réussi mon coup, je ne suis même plus dans les 3 000 premiers. Hors course, voile affalée. Finito. Je fais du surplace, avec Winnie l'ourson, mon chevalier noir aux yeux rouges, qui brasse de l'air sur mon écran, et Mowgli.

La rage, Dad. La rage. La rage quand un jour t'as balancé la pointe de ta Berluti dans ma porte : « TOI ! Il a hurlé, Toi, là-dedans ! Monsieur RIEN DU TOUT. » Tu te rappelles ? Tu m'as parlé de ma chambre qui grouillait de cafards. Qu'est-ce que j'ai ri. Hurlé, même. Famille de dingues.

(Voix de synthèse) Je suis désolé, Dave mais je suis dans l'incapacité d'ouvrir cette porte.

(Légère angoisse) Hal… ouvre cette porte. Sinon…

(Re-voix de synthèse) S'il te plaît, Dave. Je sais ce que tu as en tête, mais je t'en prie, ne me débranche pas. Je vois bien que tu es affecté par cet incident, pourquoi ne pas prendre un tranquillisant ?

(Voix de synthèse endormie) Oh non, Dave, ne fais pas ça, mon cerveau se vide… Oh il se vide et j'ai peur.

Eh oui, Dad, tu te souviens de cette soirée où tu as programmé *2001 l'Odyssée de l'espace* ? Tu frétillais : « Scène culte, Niels, l'ordinateur se rebelle, mais à la fin, qui est le maître, hein ? Qui ? »

Susie feuilleta rapidement les pages suivantes. Y figuraient morceaux de papier, petites cartes, emballages de bonbons ou de chewing-gums. Des mots qu'Axelle devait lui glisser sous la porte : « Mon frère chéri, mon grand frère, tu me manques. » Sur une photo, elle reconnut Mowgli nouveau-né, les oreilles encore collées sur le crâne : « Tu as vu comme il est beau ! Papa a dit qu'il coûtait 2 000 euros, il faut lui trouver un prénom en M. » « Samedi on va chercher le chaton à l'élevage, tu viens ? » « C'est pas loin du tout, maman dit que si tu veux, tu pourras être le premier à le prendre dans tes bras. » « Tu sortiras, Niels, si on t'achète un petit chat ? Il faudra bien que tu lui donnes à manger. Un jour, tu m'inviteras à prendre le thé ? » Susie imagina cette pauvre petite fille, dans la pièce d'à côté, frappant à la porte, écoutant le silence. Pauvre gosse.

TENTATIVE NUMÉRO 1

Heure : 15 h 42

Objectif : Coca dans frigo

Trajet : 175 pas

Destination : cuisine

Cap à franchir : couloir

Épreuve : Mum

Rencontre : Axelle. Son cri : « Maman ! Il est là. »

Paralysie. Percuté par un regard, comme par un coup de fusil, un direct à l'estomac. Je m'écroule, je me ramasse, je fais demi-tour.

Bilan : Échec. Coca resté dans le frigo.

Remarque : un regard humain pèse une tonne. Un regard est un cyclone qui vous dégomme.

Conclusion : rester dans mon nid. M'enraciner.

20/01, TENTATIVE NUMÉRO 2

Heure : 2 h 50

Objectif : Prendre l'air

Trajet (aller et retour) : environ 500 pas

Destination finale : dehors

Cap à franchir : appartement, hall de l'immeuble

Rencontre possible : Dad insomniaque, gardienne dans la loge, Mme Robert ivre morte ☺

Munitions : capuche, badge électronique, vieux gants en laine

Memo : le code, 0033A. Vieux SMS de Mum.

Faire glisser le coffre, entrebâiller la porte, mettre le pied dans le couloir. Ne pas regarder derrière, un pas après l'autre, 2, 4, 6, 10, 25, tête dans ma capuche.

Épreuve numéro 1 : descendre les escaliers, minuterie, tapis rouge, rigole glacée le long de la colonne. Bouton porte, pied dehors, mémo le code, 0033A. Le cœur qui explose en marchant.

Épreuve numéro 2 : Vent glacial, ressenti -30. Courir, serrer le lacet de ma capuche, croiser une ombre, hurler sans bruit. Rebrousser chemin, perdre un gant, risque : gel des extrémités. Le code. Merde, c'est quoi. Vérification impossible (doigts gelés). Courir. 00331, 333A0.

0033A. Clic porte, Génie. Grimper, escalader, ouvrir, fermer, pousser, verrouiller. OUF.

Bilan : néant.

(…)

PREMIER JOUR (DU RESTE DE MA VIE)

13 mars.

Depuis ce matin, une odeur a envahi ma chambre. J'ai bouché le trou de la serrure avec des boulettes de papier toilette. Pauvre petit Mowgli, affolé, qui gratte à la porte. Et puis je me suis souvenu. La fresque. La peintre. Susie Pritt, peintures et décors. « C'est la meilleure » a dit Mum. Championne ? Ah ah.

(…)

Je l'ai regardée par la fenêtre, pas très grande, cheveux noirs coiffés en chignon désordonné, un turban. Elle boitille.

Hier, elle s'est arrêtée, sur le trottoir, elle s'est retournée, je me suis planqué, elle a levé les yeux, puis la main, gênée par le soleil. Elle regardait en direction de MA chambre. Ses lèvres bougeaient je crois. À qui parlait-elle ? À moi ?

J'aimerais qu'elle repeigne TOUTES les pièces de l'appartement, puis quelques murs du quartier. C'est drôle, maintenant j'adore l'odeur de sa peinture. Je SAIS quand elle est là. Cette odeur me réveille.

22 mai.

Hier, angoisse.

Déjeuner avec elle. La cata.

Et voilà. Elle me raconte. Nous sommes tellement proches.

(…)

Qui pourra m'aider ? Pour eux je suis tellement mort.

Susie retourna la feuille... Le texte était terminé.

Elle relut le dernier mot, attrapa son téléphone pour écrire un SMS. *Reprendre un peu de distance. Dire vous.*

« Où êtes-vous Niels ? Vos parents veulent contacter la police. Je crains de ne pouvoir différer très longtemps leur décision si vous ne vous manifestez pas. »

Elle avait dit à Irène : « Vous n'allez pas lui envoyer les flics aux trousses pour le féliciter d'avoir ouvert sa porte ? » La mère avait répondu : « Il n'est pas sorti, il s'est enfui. »

Elle s'assit sur le lit, attendit en regardant bêtement son téléphone.

Elle balaya à nouveau la chambre du regard. Treize mois, pensait-elle. Comment est-ce possible.

Elle se leva, ouvrit la fenêtre. Curieusement, la sortie de ce jeune homme n'était une libération pour personne.

Devant la fresque, Susie reprit confiance. Il lui suffisait de regarder les yeux du skateur pour cesser d'avoir peur.

Niels, dit-elle, tu n'imagines même pas le bonheur de se promener nu pied dans le sable chaud, les grains de sable roulant entre les orteils ;

Et soudain, en observant l'océan, avec ses pointes de gris clair, et d'anthracite, elle le trouva bien vide. Ça ne va pas, murmura-t-elle. Tu as besoin d'être accompagné. Alors, monsieur le voyageur, qu'est-ce que vous préférez : une baleine à bosse ? Une ronde de dauphins ? Deux-trois méduses transparentes ?

Son imagination la mena tout droit vers les monstres des abysses, vers la Maison Bleue et ses adolescents, puis vers Karen. Karen, alias K. Évidemment.

# CHAPITRE 20

## Archéologique

« SALUT SUSIE !

— Oh Susie, mais dis donc !

— Tiens, prends le fauteuil. »

Tous les regards étaient braqués vers son ventre.

« C'est chouette d'être tous réunis pour cette dernière séance avant les vacances », commença Lucie. Elle attrapa son téléphone : « La reprise est fixée au 6 septembre. Vous notez ? Nous commencerons alors à réfléchir à la commémoration. »

Elle tourna la tête vers Susie, tout sourire :

« Alors, future maman ? Et ce bébé ? Et cette fresque ?

— Ça avance ! J'en suis aux finitions. Pour les deux !

— On pourra voir ça en vrai ? Je veux dire, ta fresque ? interrogea Mathieu. Tu prévois un vernissage ?

— Je vais faire une photo, répondit-elle prudemment. Non, une vidéo. Les gens chez qui je peins sont… un peu… »

Elle grimaça.

« Compliqués ? suggéra Flore.

— Oui... On peut le dire ainsi ! rit Susie. Oh, mais note que ça ne me dérange pas, hein, les gens compliqués. »

Ils étaient là, tellement gentils, intéressés et désespérés. Il fut question de l'été, du soleil – qui donne envie de disparaître dans le noir. Il fut question des vacances. Flore annonça qu'elle partait en Grèce avec un « nouveau copain ».

« Oh, quelle bonne nouvelle, Flore ! s'enthousiasma Lucie.

— On va faire le test de l'avion.

— Vous nous expliquez ?

— Pendant quatre heures, il va devoir me rassurer, supporter mes pleurs, mes ongles enfoncés dans ses paumes de mains. Le test de l'avion, quoi.

— Redoutablement efficace ! »

Susie opina du chef en souriant.

Elle aurait tant aimé leur confier : « Moi aussi, j'ai rencontré quelqu'un. Il a 19 ans, et moi 28. Oh, je sais, ne me tombez pas tous dessus, je suis en couple, je suis enceinte, ce qui aggrave considérablement mon cas. Il a presque dix ans de moins que moi. Mais quand je le vois, j'ai 19 ans aussi. Le problème, c'est que, à cause de moi, il est sorti de sa chambre. Et je ne sais pas si c'est une bonne chose ou une nouvelle catastrophe. »

L'été avait pris ses aises. En ce début juillet, Susie voyait son ventre s'orner d'une fine ligne brune qui courait du nombril au pubis. Elle se plaisait à dire qu'elle avait désormais deux tatouages.

Les nuits faisaient ressurgir les mêmes fantômes, comme si, juste avant l'accouchement, son cerveau expulsait ses dernières angoisses. Quand elle ne cauchemardait pas, elle faisait des rêves érotiques : elle y croisait Niels, Dick, et aussi, une nuit, un moniteur de voile qui remontait à l'été de ses quinze ans.

Elle préférait alors ne pas se rendormir – ce qui n'était pas un pari difficile : entre la chaleur, les ligaments du ventre tendus comme de fines cordelettes au bord de se rompre, le sommeil la fuyait encore plus. Elle s'allongeait sur le dos, fixant d'un air ahuri son ventre qui se mettait à bouger tout seul, une petite boule d'un côté, une pointe de l'autre, tout comme une jambe, dans certains cauchemars, se détache d'un corps pour vivre sa vie propre.

Dans le petit salon, aux côtés du jeune homme au skate-board, face à l'océan qui scintillait, elle revivait. Aujourd'hui, le soleil illuminait le mur. Les vaguelettes déferlaient les unes après les autres, sur le rivage, les premières, chargées d'écume, les secondes, amorçant le lent mouvement de descente, à petits pas, les suivantes étalant leur robe blanche sur le rivage.

Elle peignait, maintenant vêtue d'une vieille chemise bleu ciel de Milad retroussée aux manches, et sentait la chaleur du soleil sur sa peau. Quelle magnifique journée, même si aujourd'hui – comment ne pas y penser – était l'anniversaire d'Esther : 6 juillet 1992.

Il lui restait encore les murs latéraux à recouvrir. Quelques palmiers, un *food-truck* bariolé, un petit marché de rue, et sur l'autre mur, une bande de sable avec, peut-être, un ou deux cyclistes sur un vélo de plage à assise basse comme on en voit en Californie histoire de donner de la compagnie au skateur.

Maintenant, le jeune homme était derrière elle. Parfois elle se retournait vers lui et le tançait, son masque sur le visage : « Un petit bain, ça te dirait ? Jette-toi à l'eau, bon sang, on n'a qu'une vie. »

L'inquiétude avait cessé : Niels était en vie, il lui avait finalement envoyé un message après huit jours d'attente. *Je suis à l'abri, pas très loin, et je pense à vous.* Ce simple SMS avait pincé une corde secrète, en elle, presque douloureusement, et elle s'était rendue à l'évidence : il occupait son esprit bien plus qu'elle ne l'aurait souhaité.

Elle en était là de ses réflexions quand le téléphone sonna. Un numéro masqué. Ses parents, peut-être ? Ils devaient penser, eux aussi, à Esther.

Une voix jeune, sucrée, aux inflexions sèches.

« C'est Karen. »

Susie s'immobilisa, le pinceau en l'air. Elle marmonna un bonjour, s'aperçut qu'elle parlait avec son masque, posa le téléphone par terre avant de tirer sur les deux lanières. Elle visualisa cette adolescente boudeuse et sévère. Après la disparition, Susie avait bien essayé de la contacter, sur les réseaux sociaux. Elle était même passée à la clinique, une ou deux fois, mais Karen n'y était pas. En vacances, soi-disant.

« Niels est avec moi, il voudrait vous parler. »

Susie entendit galoper son cœur – pas de panique, tu sais bien qu'il s'emballe encore plus en ce moment. Elle tenta de se calmer en faisant les cent pas, avant, arrière, flux et reflux d'une vague ensorcelée par une lune folle.

Elle regagna à tout petits pas le canapé, le téléphone en l'air comme un trophée. Quand elle entendit le murmure grave de la voix du jeune homme, elle sentit ses yeux picoter, ne parvenant plus à se rappeler quel degré d'intimité ils avaient franchi. Il avait quelque chose à lui dire, Susie pouvait-elle venir le chercher ? C'était en banlieue, elle nota l'adresse. Susie précisa ironiquement qu'elle avait, ces temps derniers, un peu de mal à bouger.

« Je termine mon boulot et je viens, mais c'est pas la porte à côté », ajouta-t-elle.

Du bout de son pinceau, elle prit le temps de finaliser les détails de la poignée chromée, avant de ranger ses affaires et, enfin, d'appeler un taxi.

Après quelques minutes d'attente, la porte cochère s'ouvrit. Niels apparut, longue tige fragile, avec un regard plus doux que la dernière fois. Ainsi, il était capable de sortir seul.

Le chauffeur, du coin de l'œil, observait la scène : « Allez-y mollo, jeune homme », fit-il en sentant les jambes taper brutalement dans le dossier. Susie indiqua l'adresse de l'appartement des Wagner et la voiture démarra.

« Niels… Tu m'expliques ? »

Il prit la parole, la voix feutrée. Il n'avait plus été possible de rester là après les confidences de Susie. Il s'était caché au sixième étage, et puis il avait eu besoin de voir Axelle. Il lui avait fait tant de mal, sans le vouloir. Parce que, vraiment, il n'avait pas voulu cela. Il fallait que tout le monde comprenne que c'était comme une maladie. Un beau jour, on ne peut plus mettre un pied devant l'autre. Si quelqu'un devait comprendre c'était bien elle.

Susie n'en revenait pas : « Tu es en train de me dire que tu es allé dans l'appartement de ta mère ?

— Juste deux jours. Elle a rien vu. J'ai été un grand frère, tu sais. Axelle m'a apporté de quoi manger, j'ai dormi sur un tas de vêtements, à côté de son lit. On a dessiné, on a joué aux cartes. Elle m'a juré qu'elle ne dirait rien. Et puis… J'ai appelé Karen…

— Tu ne t'en doutes peut-être pas, mais je t'ai cherché partout, reprocha Susie… J'ai cru que je t'avais perdu.

— Non, non non », répondit-il, avant de tourner brusquement la tête vers la vitre, comme s'il découvrait soudain le paysage extérieur. Ils entraient dans Paris.

« Monsieur, dit-il, s'adressant au chauffeur, pouvez-vous vous rendre 50, boulevard Voltaire, dans le onzième ? » Susie se retourna vers Niels, frappée de stupeur. « Tu as quoi, en tête, exactement ? Si tu continues tes bêtises, je saute en cours de route. J'en suis capable, tu sais. »

Le chauffeur pila, grommela qu'elle pouvait sortir dès maintenant si elle le souhaitait. Mais il fallait se décider, à quelle adresse il devait se rendre ? « 50 boulevard Voltaire, au Bataclan », reprit fermement Niels, avant de s'adresser à Susie : « Tu as cherché à m'aider. À mon tour, non ?

— Je n'ai fait que parler avec toi.

— Laisse-moi te donner un coup de main. Tu me l'as dit toi-même, on doit suivre son petit ange, ou je ne sais plus quelle connerie. » Il riait.

« Son elfe. C'est Granny qui me disait cela.

— Voilà. Eh bien, c'est ce que mon elfe me susurre à l'oreille. Tu veux que je l'envoie se faire foutre ? »

Susie grommela.

« Tu t'es aperçu, tout de même, que j'étais enceinte ? Est-ce que tu penses une seule seconde que je peux retourner dans ce cauchemar maintenant ? »

Arrivée devant la salle de concert, Susie s'accrocha au bras de Niels qui, brutalement investi d'une force herculéenne, la souleva presque du sol. Devant la porte principale, il y avait un autel composé de petites bougies, de quelques bouquets de glaïeuls et de roses étonnamment fraîches.

Niels l'attrapa par les épaules : « Regarde. Tu vois ces photos, dans la vitrine ? » Elle hochait la tête, les larmes coulant le long de ses joues. Oui, elle voyait les photos des concerts passés. Elle voyait la photo de la fosse, remplie de monde, de ces corps heureux, souples et dansants. Elle ferma les yeux. Elle voyait maintenant l'endroit, très précis, où Esther était morte. Elle aurait pu saisir une craie pour y dessiner sa sœur allongée, sa sœur-marelle. Terre, un deux, trois, puis quatre-cinq, six-sept, ciel ou Enfer.

Elle *voyait* Esther. Non pas la gisante et l'ensanglantée, mais la sautillante, Esther-qui-rit, celle qui enseignait les gros mots au mainate et se promenait main dans la main avec Nathan. Elle murmura un furtif au revoir, puis tourna la tête vers Niels. Il avait enfin baissé sa capuche, comme on retire son chapeau avant d'entrer dans une église. Ses cheveux avaient poussé, et elle se demanda si ceux des morts poussaient encore, dans le cercueil ; si ceux d'Esther atteignaient maintenant le bas de son dos. Non, cet homme ne pouvait pas en avoir 19, c'était une erreur. Ce qu'ils partageaient, là, défiait les règles de l'espace-temps, c'était sans âge. Elle songeait que cette petite réflexion était en soi une catastrophe, et que s'il cherchait brutalement à s'approcher d'elle, elle serait incapable de le repousser.

# CHAPITRE 21

## Mystique

Les jours suivants, Susie essaya de se reposer, alanguie sur le canapé et profitant de la brise du ventilateur du plafond. Il lui suffisait de fermer les yeux pour s'imaginer sur la plage de Santa Monica.

M. Wagner avait laissé un message sur son répondeur, la voix tendue comme à son habitude. Niels était rentré, et le docteur Naruto jugeait ces allers et retours globalement positifs. La porte grise s'était enfin ouverte, disait le psychiatre et, même si le jeune homme s'isolait à nouveau de longs moments, c'était plutôt bon signe.

Ce matin, Milad était parti tôt, pour inaugurer sa fresque mythologique dans l'Ehpad du Kremlin-Bicêtre. Il lui avait adressé une photo de lui, posant devant Neptune, gigantesque aux côtés de vieilles dames tordues et vacillantes. Elle avait souri. Milou était un adorable gentil géant.

Le téléphone sonna vers 11 heures. Niels. Elle se redressa. Qui eût cru qu'un jour il compose son numéro pour lui parler directement ? Il lui proposait un programme pour la journée : si Susie désirait toujours planter l'oranger sur la tombe d'Esther, c'était le bon moment. Ils iraient ensemble.

« Tu n'as rien de plus gai pour occuper ton été ? fit Susie, désarmée. Tu as tellement de choses à rattraper. Treize mois !

— Il y a des gens pour qui un cimetière, c'est beaucoup plus cool qu'un lycée. »

Le chauffeur les déposa au niveau de l'entrée principale, métro Père Lachaise. Susie s'agrippa au bras du jeune homme jusqu'à la tombe d'Esther. La terre était sèche et craquelée, et il fallut transporter deux arrosoirs pleins d'eau pour la rendre plus malléable. Susie avait ouvert les yeux avant de les refermer, très vite – Esther, 6/07/1992-13/11/2015 – comme si l'inscription gravée sur la pierre lui avait brûlé la rétine. Elle s'était ensuite écartée pour se réfugier à l'ombre, et s'était assise sur un banc. La plupart des bouquets étaient fanés, et même séchés dans de l'eau croupie. C'était peut-être cela le début de l'oubli. Dans les cimetières, les souffrances les plus vives méritaient les fleurs les plus belles ; jusqu'au moment où ces douleurs trempées de larmes finissaient par se décolorer, craqueler et acquérir l'inexorable patine du temps.

Tout à l'heure, ils s'étaient arrêtés, quelques secondes, devant une épitaphe fraîchement gravée : « À notre cher petit Simon. » L'enfant avait huit ans, la tombe était recouverte de bouquets et de banderoles blanches et dorées. Elle s'était demandé ce qui était arrivé à cet enfant. Puis ils étaient repartis en silence.

Le ciel changeait à une vitesse folle. « Lève la tête, dit-elle à Niels. Regarde cette beauté… Ce nuage, là, est traversé de jaune, de gris, d'une pointe de noir. On ne travaille jamais assez les nuages.

— Tu penses à autre chose que ta peinture parfois ?

— On n'est pas peintre uniquement quand on barbouille, tu sais. Ça t'habite tout le temps, en tout lieu. Je ne peux pas t'expliquer pourquoi, mais ça me sauve, ça. Décomposer, puis recomposer. Il y a un peintre – Whistler je crois – qui a dit : "J'ai peint mon tableau en deux heures. Mais j'ai travaillé pendant des années, pour faire cela en deux heures." Je serais horriblement seule si je n'étais pas… hantée par ça.

— Dans deux secondes, tu vas me dire que tu crois aux fantômes ! »

Susie haussa les épaules. « Évidemment. Ça fait partie du job. » Elle prit l'air mystérieux. « Est-ce que tu as entendu parler de la légende des âmes errantes ? Non ? Les défunts décédés de mort violente, comme un suicide, un accident…, errent pendant trois mois sur la Terre, recherchant certains êtres – ceux qui peuvent les aider à passer de l'autre côté. Eh bien, c'est moi, ça. Je suis un peu passeuse.

« C'est moi qui ai veillé mon grand-père. Quand notre copain Yannis est mort d'un accident de scooter, c'est moi qui ai averti tout le monde. Dès qu'il y a un mort, dans les environs, je fais le taf, rit Susie. Mais tout *ça*, c'était avant. »

Niels s'approcha d'elle, leva la main droite comme s'il voulait caresser ses cheveux, puis la laissa retomber.

Elle se mit à parler vite, trop vite, les mots se pressaient à ses lèvres. Il y avait quelques petits défauts, dans cette fresque. Les nuages. Elle devait tout reprendre. Le visage de ce jeune homme… Si seulement elle avait pu rencontrer Niels avant… Était-il encore temps de tout recommencer ?

Il s'approchait encore, et Susie songeait que cette fois, la loi de la gravité n'y suffirait pas. Ils allaient tomber tous les deux dans le même trou noir pour ne jamais se relever.

« Écoute bien, disait Susie. Ce que je ressens pour toi, c'est juste un mélange de fraternité, de complicité, de curiosité…

— Ah ouais ?… Pourquoi tu parles toujours comme une peintre, toi ? » Il leva la main comme s'il tenait un pinceau : « Un peu de gris, une touche de blanc, du jaune… Tu dissèques tout… Les sentiments, c'est pas ça… » Il avait lâché le mot, comme une gifle.

« Peut-être, répondit prudemment Susie, nous sommes-nous aimantés l'un à l'autre pour de mauvaises raisons.

— De très mauvaises raisons, murmura Niels en approchant son front au-delà du raisonnable.

— Niels… Ne… »

Il saisit son visage entre ses deux mains, ses mains qui l'avaient fait tant rêver ces derniers temps, et, pour toute réponse, il l'embrassa.

# CHAPITRE 22

## Signalétique

Ils s'étaient un peu perdus dans les allées labyrinthiques, mais avaient fini par arriver devant la tombe de Jim Morrison. Susie s'étonnait. Ainsi, c'était cela la nécropole la plus visitée de France ?

La dalle funéraire était jonchée d'un monticule de petits objets et de gris-gris, de vieux chewing-gums mâchouillés et séchés, des bougies et des cierges, des portraits jaunis. Il y avait aussi quelques coupures de presse sous plastique, rappelant les circonstances énigmatiques de la mort du chanteur.

Assise sur le banc, Susie observait un touriste qui s'éventait avec le petit guide des cimetières parisiens. Un jeune homme coiffé d'un chignon déposa sur le marbre une petite dizaine de mégots qu'il avait récupérés dans le fond de sa poche.

Quand elle tourna la tête pour lui en parler, elle réalisa qu'il avait disparu. Niels ?! En scrutant l'allée principale, elle aperçut la silhouette grise et courbée accélérer la cadence, avant de courir sur les pavés irréguliers. « Niels ! Attends ! Je ne peux pas te suivre. » Il continuait d'avancer, en butant sur les pavés, comme un cheval blessé.

Elle le retrouva près de la petite guérite du gardien, plié en deux, les mains sur les cuisses, cherchant désespérément sa respiration. Ses bras étaient raides comme des morceaux de bois, ses mains glacées. Il haletait, suffoquait, il allait mourir étouffé, oui, c'était une urgence absolue. Pour avoir vécu tant de fois ces attaques de panique, Susie savait que les mots étaient de peu d'utilité. Elle tenta de le prendre dans ses bras, massa ses paumes froides et humides. À la sortie du cimetière elle appela un véhicule, qui freina aussitôt, ouvrant ses portes sur un air de reggae. Le volant était recouvert de fourrure, le chauffeur arborait des tresses afro et des petites lunettes bleutées à la John Lennon. Susie se souviendrait un peu plus tard du cocasse de la scène, mais pour l'instant, elle était contaminée par l'angoisse de Niels.

« Vous... pouvez... éteindre la radio ? haleta le jeune homme. J'ai le cœur qui bat à 150...

— Allons bon, ça va pas fort, mon petit gars, fit le chauffeur. Trop sensible, hein ? Y a pas idée d'aller dans un cimetière... »

Il se retourna vers eux, mastiquant du bout des dents son chewing-gum, le coude posé sur le volant, les doigts ornés de bagues en argent. « Une femme enceinte et un cardiaque, c'est pas ma journée, soupira-t-il.

— Pas d'inquiétude, répliqua Susie, c'est juste une crise d'angoisse, rien à voir avec le cœur. »

Imperturbable, le chauffeur tendit la main droite vers la boîte à gants pour y attraper quelque chose.

« D'habitude, on propose plutôt des bonbons à la menthe, mais si ça peut être utile…

— Pourquoi pas… Tant qu'on y est… » Susie hésita un bref instant, puis se dégagea du poids de Niels pour attraper le tube de Lexomil. C'était décidément surréaliste… « Tiens, Niels », chuchota-t-elle. Le jeune homme desserra les lèvres, pour absorber le petit quart de comprimé, avant de porter la bouteille d'eau à sa bouche. « Respiration ample, exigea-t-elle. C'est tout ce que je te demande. »

Quand ils parvinrent devant l'immeuble, le chauffeur ouvrit la porte arrière, zélé. « Merci, vraiment, commença Susie. Pour le comprimé…

— La semaine dernière, j'en ai distribué trois fois à des clients en route pour Roissy », gloussa le chauffeur.

Il se pencha vers elle. « J'ai plein de commentaires 5 étoiles ! D'ailleurs… N'hésitez pas, hein. Moi aussi, je suis un grand stressé. » Il adressa un clin d'œil à Susie avant de démarrer en trombe.

0033A, le badge sur la porte, le léger déclic, l'ascenseur… Susie retrouvait les gestes familiers. Elle poussa Niels jusqu'à la porte grise. Tandis qu'il posait sa main sur la poignée, Susie le fixa dans les yeux. « Ne te laisse pas piéger une seconde fois. »

Niels secouait lentement la tête d'un air affligé. Une crise d'angoisse dans un cimetière, la honte… « Mais non, répliqua Susie. C'est toi qui m'as portée ! » Elle serra son bras : « Niels, tu es sorti ! Ne l'oublie pas. »

Il hocha la tête et ferma la porte derrière lui.

# CHAPITRE 23

## Océanique

L'IDÉE ÉTAIT VENUE D'IRÈNE. « Susie, que pensez-vous *d'un petit quelque chose,* dans le salon, pour inaugurer la fresque ? » Elle avait ajouté, chuchotante : « Vous l'inviterez, n'est-ce pas ?

— Oui, oui, bien entendu ! » Susie avait adopté sa voix de faussaire, gaie et suraiguë. Niels avait repoussé illico l'idée la veille : « Un vernissage ? Avec double dose de daron ?! »

Susie avait réalisé des invitations au pastel qu'elle avait postées aux quatre membres de la famille et au docteur Naruto. *Rendez-vous dans le Petit Salon / Dévoilement de la Fresque dite « du Jeune homme au skate-board ».* Irène s'était emballée : « J'ai réservé Sun Hi pour un petit buffet sympathique à base de makis salés et sucrés, Niels adore ça. » Susie avait soupiré intérieurement : c'était beau – et si triste – l'espoir d'une mère.

Milad avait proposé de tirer les rideaux de soie damassée et d'accrocher trois spots qui projetteraient des faisceaux bleus sur les vagues du Pacifique.

Quand tout ce petit monde serait réuni, Susie ouvrirait les rideaux, et le jeune homme au skate apparaîtrait, dans toute sa splendeur. « Bon, tu as raison, offrons-leur ce spectacle », s'était résignée Susie.

Ils étaient arrivés, en file indienne comme pour une première, Irène dans une robe noire à dos nu, juchée sur des sandales en cuir argenté, Axelle, les yeux baissés, le docteur Naruto en costume de soie gris clair et fine cravate noire, redressant compulsivement ses lunettes sur le bout de son nez, et Xavier Wagner, enfin, avec un bouquet de pivoines rose clair, qu'il tendit avec un petit salut de la tête à Susie.

Il examinait la fresque sous tous les angles, bras croisés dans le dos, hochant fréquemment la tête en signe d'approbation tacite, notant au passage, l'index pointé, la présence du mainate sur la branche, puis interrogeant Susie avec un scrupule qui lui parut excessif, sur le choix des bleus – le bleu clair du ciel, l'outremer au-dessus de la colline. Irène, dont l'agacement était perceptible, s'efforçait de se concentrer sur l'océan. « Regarde, Minette, disait-elle à sa fille. Tu vois, là, le dauphin ? LES dauphins ! Il y a tout un banc. Et là, cette ombre, dans l'eau. On dirait une raie manta.

— J'adore les dauphins, je pourrai aussi en avoir un, dans ma chambre ? On demandera à Susie, hein ?

— Oui, bien sûr. » Irène força sa voix pour se faire entendre de la peintre : « Quand elle aura eu son bébé… Si elle n'est pas trop fatiguée. » Susie souriait gentiment, observant la maîtresse de maison qui coulait des regards anxieux dans le couloir. Elle redoutait la question qui suivrait.

Quand Axelle, attirée par le miaulement du chaton s'éloigna, Irène avança enfin vers la jeune peintre, le verre à la main :

« Susie… Vous savez s'il va se montrer ?

— Je ne crois pas », murmura-t-elle, d'autant plus gênée qu'elle avait passé la soirée dernière avec Niels, ici même.

« Il… n'est pas prêt », ajouta-t-elle. Xavier Wagner tourna la tête brusquement. Il finit par approcher, lui aussi faussement détendu, sans aucun égard pour son ex-épouse. « On se demande bien où il va voyager maintenant, ce jeune homme. Il va prendre la mer ? Non ? En tout cas, il regarde l'horizon, hein. C'est déjà ça. »

Personne ne prononçait le prénom de Niels, mais toutes les attentions convergeaient vers lui.

En s'éloignant pour se servir à boire, Susie repensait à la soirée d'hier. Ils s'étaient installés sur le canapé, face au paysage maritime, chacun un écouteur dans l'oreille. Susie s'était tournée vers Niels : « Tu sais pourquoi j'ai fini par peindre cette petite nageoire caudale, là, à droite ? C'est pour te rappeler que la vie est ailleurs. Tu savais que la mer regorgeait de trésors, de calamars géants, et autres poissons à têtes de monstres ? Non ? Eh bien c'est pourtant à ça que doit te servir cette fresque : à avoir envie de plonger. Plonger et remonter, bien sûr. »

Niels avait opiné d'un air dubitatif : « Bof… Pas envie d'être ailleurs qu'ici, dans ta peinture. » Il avait ajouté, tout bas : « Avec toi », ce qui lui avait vrillé l'estomac.

« Figure-toi, que moi non plus, je n'ai pas envie de la quitter, ma fresque. »

Niels avait montré ses dents de loup :

« Oui, mais tu me l'as filée ! Elle est à moi maintenant.

— Sale petit capitaliste, avait ri Susie. Bon, en tout cas, il faut que je me trouve un autre refuge. J'étais bien, tu sais, ici.

— Tu sais chez qui tu vas aller ? avait interrogé Niels, faussement désinvolte.

— N'importe. Du moment que je peins. En Amazonie, en Sibérie… » Elle avait marqué un temps d'arrêt. « À toi, maintenant. Je t'ai tout raconté, moi… »

Il avait détourné la tête pour fuir le regard ardent de Susie. Et il lui avait dit. Cette impression de se dissoudre, enfermé dans une salle de classe. Cette lutte de chaque instant pour mettre un pied devant l'autre. Est-ce qu'elle savait qu'il en était arrivé au point de compter ses pas en allant au lycée ? (Oui, je le sais, avait pensé Susie.) Quand il s'arrêtait de compter, pour répondre à un bonjour ou pour traverser, l'angoisse le reprenait, et il rebroussait chemin en quatrième vitesse.

« Tu sais, il n'y a rien de plus à expliquer. Pas de secret. Juste… Pas envie de vivre comme ça. »

Susie avait pensé au héros du film *Into the wild*, ce refus calme et inexorable d'un monde privé de sens. Elle savait que les raisons alléguées comme on déploie un éventail – harcèlement scolaire, ennui à l'école, absence de liens sociaux – n'étaient rien en regard de cette mélancolie insondable qui habitait certains êtres.

Et, comme si son art, encore une fois, avait compris ce qui n'était pas encore, alors, parvenu à sa conscience, elle avait peint, la veille, un camion sur un panneau latéral du mur. Il avait applaudi en le découvrant : « C'est ici que j'ai envie de vivre. Nulle part ailleurs.

— Ah, non, tu as vu le film, tu sais ce qui arrive à ceux qui squattent les vieux bus !

— O.K., coach, avait répondu Niels. Je partirai avec Karen... Ou quelqu'un d'autre. »

Il avait tourné la tête si vite qu'elle avait dû se détourner elle aussi pour éviter la collision d'étoiles.

« Susie ?! Où êtes-vous partie ?

Irène l'observait. Susie secoua la tête comme les enfants effacent leur ardoise magique.

— Oh, je suis juste une indécrottable rêveuse. » Elles parlèrent ensuite, dans une sorte de fausse complicité assumée, de la date probable de la naissance du bébé, de la fatigue des premiers jours, de la nécessité absolue de faire appel à d'autres bras. Irène harangua Milad : « Hein, jeune homme, il faudra être bien présent, les premiers jours ! » Puis en plissant ses yeux : « Votre maman doit être aux anges, Susie. Et entre nous, rien ne vaut une mère, dans ces moments-là. Vous verrez. » Et Susie se retint pour demander si ça valait aussi pour les mères fracassées.

Cela survint dans son bain.

Elle avait toujours pensé que ça serait un moment terrifiant, une perte de contrôle absolue, la sensation d'exploser, d'être réduite en confettis, ou bien de n'avoir plus aucune conscience de son corps à tel point que quelqu'un aurait pu, sur la table d'accouchement, lui couper une jambe. On lui avait dit : « Tu verras, tu n'auras aucun doute. Les femmes savent reconnaître les contractions de l'accouchement. »

C'était comme une vaste houle qui prenait possession de son corps, de façon métronomique, et c'était formidablement puissant, à tel point que, pour l'instant, cette force supplantait la douleur. Elle peinait à appliquer le programme – inspirer avant la contraction, puis expirer doucement pour l'accompagner. Elle était comme un vieux cheval qui galopait après un pur-sang.

Milad attrapa le sac à dos et la guida dans les escaliers.

Susie se sentait soufflée de l'intérieur. Mais ça n'était pas aussi paniquant qu'elle l'eût imaginé. Elle n'était pas seule. Ça n'est qu'une fois arrivée à la clinique, allongée sur la table d'auscultation, quand on lui déclara que oui, elle était bien « en travail », qu'elle se mit à trembler violemment, sans pouvoir s'arrêter. Le bébé était, lui, toujours en siège, et pour cette raison (comme pour tant d'autres parmi lesquelles Susie rangea en numéro un le fait qu'elle avait de la mitraille dans la hanche), la césarienne – prévue pour le lendemain – fut avancée.

Elle se souvenait des propos d'Esther : « Moi, si un jour j'ai un gosse, il n'est pas question qu'il sorte autrement que par césarienne. » Elle se récriait, alors. Comment pouvait-on mépriser à ce point le rythme de la nature ? Quand on a vécu la mort d'aussi près, on n'est plus si idéaliste.

Sur le chariot, nue sous sa blouse bleue, la calotte en tissu sur la tête, elle avançait aux côtés de Milad qui se tenait à la barre métallique, livide. Elle sentait les contractions la dévorer de plus en plus, et ce même si elle continuait à inspirer, expirer, sans mot dire.

« C'est une marathonienne, affirmait Milad, à la sage-femme, les yeux brillants d'admiration. Vous avez vu ça. Elle courait tous les jours avant de…

— Chut, ahanait Susie. Tu me déconcentres. »

Dans la salle, on l'aida à se plier sur elle-même, vertèbre après vertèbre, selon une courbe idéale, offerte à la seringue… « Ne bougez surtout pas, je vous pique. » Elle eut la sensation étrange de deux grosses rigoles de sueur le long de sa colonne vertébrale. Elle apprit plus tard que ça n'était pas le produit qui tombait « à côté », comme elle s'en était plainte, mais simplement la trouille qui dégoulinait le long de son dos.

Quand on lui dit qu'on allait l'endormir pour son placenta qui ne voulait pas sortir, elle les regarda dans les yeux. Elle était déjà morte une fois, elle savait parfaitement ressusciter. Et elle s'endormit.

Les premiers instants sont toujours stupéfiants. La vie tout comme la mort, surgit telle une détonation. Il en faut du temps, pour comprendre ; d'où les longues heures passées à regarder les bébés ou à veiller les morts.

Il était là, les yeux bridés, les poings serrés sur ses petits ongles longs et tendres, et, de minute en minute, tandis qu'il se dépliait comme un origami, elle se demandait si elle aurait pu le loger, de nouveau, dans son ventre. Pendant quelques jours, elle le sentit encore en elle. Ses pieds tambourinaient contre son ventre, et, quand il s'étirait, qu'une oscillation le parcourait, de la plante des pieds jusqu'au bout de ses petits doigts qui tremblotaient, une onde se creusait encore en elle. Mais très vite, il acquit des mouvements plus terrestres qu'aquatiques, et ce fut comme une seconde naissance. Le cerveau de Susie, qui jusqu'alors avait vogué en eaux troubles, se remit à palpiter comme un cœur.

*Et Niels ? Que devenait-il ? Était-il en train d'observer le mouvement des vagues, devant la fresque, tout comme Dick ? L'avait-il oubliée ?*

Elle se sentait fondre, comme si son corps tout entier se décomposait en millions de larmes. Elle était pleine de tendresse pour l'humanité. Elle regarda son enfant. Il allait grandir avant de mourir, lui aussi ; une trajectoire couronnée par une explosion d'atomes. Elle réalisa qu'elle ne connaîtrait pas ses arrière-arrière-petits-enfants.

Partir avant de s'aimer. Quel gâchis écologique. Elle tourna la tête s'allongea en chien de fusil, sans quitter son enfant des yeux. Comme dans une danse, les corps s'étreignaient un bref instant, puis s'éloignaient comme deux étoiles qui allaient briller plus loin. Heureusement, il y avait l'art. Rien n'était, jamais, perdu.

Ses paupières s'alourdirent, elle s'endormit.

# CHAPITRE 24

## Sismique

SUSIE DÉCACHETA L'ENVELOPPE, en retira, surprise, la carte à en-tête de la clinique, recouverte d'une large écriture penchée. Sandra Martins la félicitait pour sa prouesse : sortir de sa chambre un jeune hikikomori n'était pas donné à tout le monde. Accepterait-elle de venir parler de son expérience, au cours d'un colloque sur le retrait social ? Elle en serait très honorée. Susie retourna la carte, interloquée.

« Hikikomori ». Ce mot incongru, initié par un H majuscule orné d'une arabesque d'écolière, sans oublier la petite virgule joliment inversée qui liait les deux jambes du H, lui sauta aux yeux. Ce mot, elle l'avait entendu pour la première fois, de la bouche d'Irène Wagner, il y a quelques mois. Elle l'ouvrit, pli après pli.

Hic. Mori, comme amour, comme mort, peut-être. *Memento mori.* Elle le relut, se le répéta, décida qu'elle l'apprendrait à M. Paul, qui roulerait si joliment les *r.*

Elle se demanda si Niels serait heureux au Japon, s'il aimait les mangas ; elle pensa qu'elle adorerait s'envoler avec lui là-bas pour étudier le dessin. Il était doué, ils pourraient écrire un roman graphique ensemble. Hikikomori. Elle le relut encore et encore jusqu'à faire apparaître, comme sur un palimpseste, le tout premier mot d'une nouvelle histoire. Elle décida qu'elle allait baptiser ainsi une nouvelle nuance entre le blanc et le gris – un gris délavé tirant vers le blanc. Et que, si elle adoptait un chat, elle l'appellerait « Hikiko ». Le mot était comme un os à ronger pour son imagination affamée.

Tout la ramenait à Niels. Et elle n'ignorait pas que, si elle répondait au courrier avec tant d'avidité, c'était pour, encore une fois, tourner autour de cette porte grise, comme on gravite autour d'un cratère, attiré par le vide, sans y tomber.

*De Susie Pritt à Irène*

*Chère Irène,*

*Vous dites avoir consacré toute votre énergie à ouvrir la porte de sa chambre… Et avoir peur, maintenant, qu'il s'en aille… Mais comment en serait-il autrement ? Nous sommes tous désireux de nous libérer de nos chaînes, et terrifiés à l'idée de le faire. Je comprends votre ambivalence, elle me semble si naturelle maintenant que j'ai un enfant.*

*Je suis heureuse qu'il ait envie de partir.*

*Je sais qu'un colloque se prépare sur le thème des hikikomoris. Souhaitez-vous que je vous transmette les coordonnées de la psychologue qui l'organise ? Elle serait très heureuse, j'en suis sûre, de vous entendre parler de Niels.*

*Susie Pritt*

*De Susie Pritt à Jeanne-Marie S.*

*Chère Jeanne-Marie,*

*J'ai le plaisir de vous annoncer la naissance de notre fils Arman, le 25 octobre dernier.*

*Je ne me rendais pas compte de l'ampleur de la tâche… Il va me falloir récupérer de cette naissance, tout autant que d'un énorme chantier que j'ai réalisé avant l'accouchement. Vous ai-je parlé de ce panorama, « Le jeune homme au skateboard », que j'ai peint pour un jeune homme reclus dans sa chambre ? Il m'a fallu des tonnes de persévérance, de la patience, des raccords subtils, mais j'y suis arrivée.*

*Si je vous proposais de démarrer le chantier dans votre cuisine aux alentours du 10 janvier, est-ce que cela pourrait vous convenir ? Tant pis pour la piscine et le soleil. Je me réchaufferai à celui de la fresque.*

*Je suis désolée que votre « Nu » ait subi une petite éraflure. Ne vous inquiétez pas : je viendrai redessiner avec plaisir la partie dégradée.*

*En vous remerciant,*

*Susie Pritt, Peintre en décors*

*De Susie Pritt à Janet Pritt*

*Granny,*

*Dimanche prochain, Granny, je te propose une tentative d'évasion. On viendra te chercher, avec Milad. J'ai tout arrangé. Mme Bregnoux (elle te le dira elle-même, je pense) nous prête pour la journée un super fauteuil de compétition, ultrapliable et léger, avec un compartiment spécial pour la bouteille d'oxygène. Nous le récupérerons au rez-de-chaussée avant de monter dans ta chambre. J'ai tellement hâte que tu rencontres Arman, il va te faire fondre ! Il a ton menton, et la forme triangulaire de ton visage.*

*Tu m'as toujours parlé de la vie, et de ses cadeaux. Il m'est arrivé une histoire folle, je te la raconterai, promis.*

*À condition que tu n'en dises rien à personne. Ça sera notre secret !*

*Parfois, tu sais, Granny, je m'imagine qu'elle nous regarde, de tout là-haut, et qu'elle hoche la tête d'un air incrédule. Je m'imagine qu'elle pense : « Quelle famille de fous. Et Susie, la sale gosse, devenue maman… C'est un peu de moi qui est passé peut-être en elle. » Enfin, tu connais…*

*Je t'embrasse bien fort, ma petite Granichou*

*De Susie Pritt à Niels Wagner*

*Niels,*

*Merci d'avoir gardé M. Paul pendant ces quelques jours. Tu as dû sans cesse œuvrer pour éviter la lutte à mort entre un mainate et un chaton ! Heureusement que l'appartement est tout de même vaste et que tu sais fermer les portes... (Quel humour, hein !)*

*Je l'ai trouvé en pleine forme, ce cher M. Paul, la plume avenante et l'œil brillant... Est-ce toi qui lui as appris tous ces jolis mots ? En si peu de temps ? Il sait dire mon nom, maintenant, hourra, enfin ! Et tant d'autres choses, plus gentilles les unes que les autres.*

Susie écarta ses mains du clavier. Une boule se formait dans sa gorge. Elle en était certaine : tout ce qu'elle avait vécu jusqu'alors – Esther, le Bataclan, Furnace Creek, Milad et la Maison Bleue – n'avait servi qu'à la mener ici : devant la porte grise. Elle inspira un grand coup et plaça à nouveau ses mains sur les touches.

*Il faut cesser d'avoir peur, Niels. La peur est une nazie qui nous ligote et nous décapite. Peur de l'orage, de la pluie, du vent ? On se pose dans son nid pour reprendre son souffle, avant de repartir, mais ça n'est pas un refuge, c'est un trou de souris, on n'a rien vu venir et soudain on est mort.*

*Sors de cet appartement, trouve d'autres maisons, d'autres camions... Des lieux provisoires que tu quitteras, comme le bernard-l'hermite, quand ils seront devenus trop petits.*

*Ah, je ne t'ai pas dit... Milad m'a offert un billet pour le théâtre de Chaillot. « La Fresque », d'Angelin Preljocaj. J'y suis allée hier, avec Charlotte. Tu sais, Charlotte ? Je t'ai parlé d'elle. C'est l'histoire d'un homme qui tombe amoureux d'une jeune fille, peinte sur une fresque. Il traverse un écran de fumée pour aller la chercher, elle, parmi d'autres jeunes filles. Il l'emmène dans notre monde et passe son temps à danser avec elle. Et puis, après avoir tant valsé, minuit arrive. Il est obligé de la raccompagner derrière l'écran.*

*Il hésite à rester lui aussi dans le tableau, mais son ami le supplie : « Laisse-la aller, ta place est ici, parmi nous. » Alors, le jeune homme la laisse partir. Mais il lui offre, en cadeau d'adieu, une rose rouge qu'elle accroche dans ses cheveux. Une rose venue de notre monde, tu vois ?*

*Tableau final : L'écran de fumée tombe, sur toutes les jeunes filles, à nouveau rassemblées.*

*Les deux premières scènes se ressemblent tellement que l'on a l'impression que rien n'a servi à rien… Sauf un détail, minuscule : la fleur rouge, dans ses cheveux. La vie vaut aussi pour ça, non ?*

*Si tu veux me retrouver, assieds-toi face à la fresque. Je suis partout. Sur une branche, dans un cerne de palmier. N'oublie pas.*

*Je te souhaite une très belle vie,*

*Susie.*

# CHAPITRE 25

## Atmosphérique

13 novembre 2018,

Susie,

Nous sommes le 13 novembre et je pense à toi.

(Sale petit menteur, tu penses à elle tout le temps, tous les jours, à chaque seconde, pas que le 13 novembre, avoue, c'est là, présent, toujours et toujours, c'est une question de degré, ça va d'un simple effet larsen à une voix de stentor qui écrabouille tout, et aujourd'hui, c'est assourdissant. Susie-Susie-Susie. SUSIE. Ça hurle. Merde. Ferme-la, Jiminy Cricket, comme si tu savais ce que c'était tout ça, insecte de mes deux, coquille vide sans cœur.)

Comme je te l'avais dit, j'étais place Léon-Blum. J'avais enfilé ma cape d'invisibilité, tu sais, celle que m'a offerte Dad, à ma naissance. C'est génial, on n'est rien, là-dessous, superpouvoir de ouf.

J'avais apporté plusieurs bouquets de roses blanches. Tu savais, toi, que les roses blanches coûtaient une blinde ? J'ai pas radiné, j'en ai acheté 90, par Internet (merci la CB de Dad), que je suis allé déposer sur les terrasses des cafés, la Belle Équipe, le Petit Cambodge, la Bonne Bière et bien sûr… où tu sais…

Ne me remercie pas, c'est de l'égoïsme pur.

À cause du retard, j'ai loupé la cérémonie officielle - il paraît que la présidente de l'association a prononcé un très beau discours, pour les morts et les vivants. (Entre parenthèses, tu savais, toi, qu'il y avait 25 groupes de « Traversée », sur toute la France ? On arrive à en recruter autant, des traumas ? Fin de la parenthèse.)

Bref. Place Léon-Blum, j'aurais aimé que tu voies ça. Nous étions tous massés devant un tapis rouge vermillon (je dis vermillon car je m'adresse à une peintre, hein, mais en fait c'était comme de l'hémoglobine). Quelqu'un a marché dessus et j'ai failli hurler : « Attention ! Ça tache, le sang ! »

J'ai tenu le choc, tu sais, malgré le tournis. Car oui, le vertige est là, tout le temps, dès que je pousse la porte de la maison, que j'avance dans le couloir ou que je descends du trottoir. Les picotements ont cessé, et du coup je ne sens plus rien. Je suis un coup de vent, une brindille, un rayon de soleil qui se casse. Dizzy, dizzy. Je fais comme tu m'as conseillé, je me chante dans ma tête *Imagine* ou *Yesterday*, ou *Life on Mars* en boucle, ça marche pas mal. J'ai aussi trouvé un truc : je me projette devant ta fresque avec le mec en skate, les poissons, le bruit des vagues. Et la boule se dissout au bout de quelques minutes. Il va bien falloir que je l'apprenne par cœur, ta fresque car, tu sais, il est bien possible que je me tire un jour ou l'autre, à l'autre bout du monde.

Bref, ce matin, la cérémonie.

On a tous rejoint à pied la salle du concert. Putain, c'était quelque chose, là, je ne sais pas pourquoi, ou bien c'était moi, dans ma tête ? Les gens ont commencé à blêmir, à changer de visage. On entendait des petits hoquets, des fffrrrt frrrrt, des chchchch…

« Le premier adjoint arrive » a chuchoté un vieux, devant moi.

Je me suis souvenu de ce que tu m'avais dit, que t'étais trop crevée, que t'aurais pas tenu debout, et que tu serais partie en mille morceaux qui se seraient envolés dans l'air. T'inquiète que j'aurais couru après tous ces petits bouts de toi, et que j'aurais tout recollé dans le bon sens. Bref, la maire a déposé une énorme gerbe de fleurs devant la plaque gravée au nom des victimes. Je sais que tu me l'aurais demandé, alors voici la réponse :

Esther y est, j'ai vérifié. Avec son nom, sa date de naissance, la date de sa mort.

Il faisait froid, humide, ça coulait de partout.

Quelqu'un s'est mis à déclamer, un à un, tous les noms de toutes les victimes. 90. Quatre-vingt-dix. Ça m'a fait penser au bal de Peau d'Âne, quand le gueuloir annonce l'arrivée des prétendantes : « Mademoiselle Hortense de la Motte, 32 ans »… C'était vraiment pas le moment de penser à un conte de fées, mais tous ces morts en costume de bal dans ma tête, je te jure, c'était presque fun.

Je voyais l'adjoint de dos : il scandait chaque nom d'un petit coup de tête, comme si elle avait chopé 90 coups de ceinturon.

Le moment des condoléances est arrivé. « Ça n'est pas facile », « je comprends », « nous sommes avec vous », « je partage votre peine », des conneries comme ça. Soudain, le premier adjoint s'est retrouvé devant moi, ses yeux étaient pleins de larmes qui ne coulaient pas. (Par quel miracle les larmes peuvent rester en suspension ? Y a que les politiques pour faire ça !) J'ai senti que je devais parler, alors j'ai dit :

« Elle s'appelait Esther. »

Il a hoché la tête (et là, une larme, tu m'entends, une SEULE larme a coulé, toute droite, sur sa joue. Un truc de dingue).

« Votre amie ? »

J'ai répondu :

« Non, ma petite sœur. »

Il m'a serré contre lui, sa tête arrivait au niveau de mon épaule. Ça a duré deux secondes, une éternité.

Ensuite, quelqu'un a réclamé une minute de silence. Tous les bruits ont été engloutis immédiatement sauf les crépitements des flashes. C'était, tu sais, comme quand une douleur se calme mais n'y parvient pas tout à fait. À côté de moi, un homme a dit : « C'est la dernière fois.

– Comment ça ? a demandé une femme.

– Oui, le dernier hommage. Après, il faut qu'on se débrouille seuls avec nos morts. »

J'ai pensé à ce que tu m'avais dit au sujet des âmes errantes. Est-ce que trois ans, c'est suffisant pour les accompagner ? Est-ce que le chagrin dure trois ans ?

Mon vieux Lexo, tiens-toi prêt. Il est possible que j'aie besoin de toi, car, rien qu'en écrivant ces mots, j'ai les doigts qui tremblent.

Sur la place, pendant que les parents pensaient à leurs enfants, les amis à leurs amis, et les frères à leurs sœurs, moi, je pensais à toi.

Tu m'as sorti de ma prison. Et surtout, tu m'as montré que toute la beauté du monde restait à découvrir. Ta théorie de la nageoire caudale... Faut que je plonge... Et je me doute bien que chaque découverte me ramènera à toi.

Qui sait où m'emportera mon petit elfe ? Pour l'instant, c'est moi qui me tire. J'ai pensé un moment à aller à Santa Monica pour vérifier si ce que tu as peint est aussi beau que l'original, et puis je me suis laissé porter par le flow : j'ai regardé sur le site de couchsurfing dont tu m'as parlé – tu sais que ton profil s'y trouve encore ? Mais la grande nouvelle c'est que j'ai trouvé un travail dans la banlieue de Sydney : je vais m'occuper des enfants de la famille (8 et 11 ans), leur apprendre le français, et faire de la saisie pour le père qui écrit un bouquin sur la pêche. Tu imagines ça... Il m'a demandé aussi si je savais faire de la *french cuisine* ! Ah ah ! tu imagines... Au secours, Sun Hi, help !

J'irai voir la Grande Barrière de Corail, je glanerai des petits bouts de mots, de couleurs, de lumière, des petits trucs de n'importe où et de n'importe quoi, pour m'en faire mon petit nid à moi. Comme tu l'avais dit de ce peintre, tu sais, celui qui a peint le mur de Berlin. Tiens à propos de nid... Oui, oui, c'est moi qui ai appris tous ces mots à M. Paul. C'était super hard, de lui faire entrer ça dans le crâne. Surtout « je ne t'oublierai jamais ». Sept syllabes ! Pour un crâne d'oiseau, c'était pas gagné.

P.S. : Pour Sydney c'est pas vrai. J'ai passé la visio avec les enfants, mais je n'ai pas pu prendre mon billet. Quand je pense « autre côté du monde », et même « autre bout de Paris », j'ai toujours les mains moites. Mais j'avais envie de te faire rêver, envie de te faire souffrir un peu aussi, j'avoue.

Mais ne t'inquiète pas, j'y arriverai, tu sais.

Je reprends mon récit : Cérémonie, clap de fin.

Trois gamins sont arrivés, vêtus d'un manteau bleu marine – comme des petits scouts. Ils portaient une brassée de ballons de toutes les couleurs, bleu, rouge, violet… Des ballons aussi grands qu'eux. Ils sont passés nous les distribuer, en regardant la pointe de leurs chaussures. Soudain, on a entendu : « Allez, go, go, go ! » Et tous, on a lâché nos ballons qui se sont mis à filer haut et loin comme des confettis.

La grand-mère a murmuré « Mon Dieu », et un homme, à côté, s'est écrié : « On ne vous oubliera pas ! » On est restés là, jusqu'à ce qu'on soit certains de ne plus voir une seule tache de couleur.

À l'heure qu'il est, les ballons ont déchiré la stratosphère. Et je suis rentré aussi vite que possible, pour t'écrire.

# ÉPILOGUE

« Écrire, affirme Christian Bobin, c'est dessiner une porte sur un mur infranchissable et puis l'ouvrir. »

Et puis, partir.

Nous sommes nombreux, je crois, à éprouver un sentiment de nostalgie en quittant nos personnages, quand nous fermons tout doucement la porte, à pas de loup, comme pour ne pas réveiller des enfants en train de s'endormir.

Lire, écrire, vivre aussi, c'est aimer des parents, des enfants, des amis, des amants, et puis les quitter.

Susie était partie depuis longtemps.

Mon fils nous avait annoncé, un beau jour, qu'il rejoignait une gaming house, une pépinière où les joueurs de jeux vidéo sont dressés comme de futurs champions d'e-sport.

J'ouvrais de temps en temps la porte de sa chambre, j'y voyais ses vêtements jadis épars, rangés en piles sur son bureau, portant encore son odeur. Il était parti sans rien – « Ne t'inquiète pas. Je trouverai tout là-bas. »

Je m'étais alors enfermée dans ma chambre, j'avais ouvert le fichier « Susie, notes », puis j'avais écrit, sans relâche, tous les jours, en regardant à peine par la fenêtre. Mes doigts n'avaient qu'à suivre la course des mots.

J'avais adressé mon manuscrit à Susie et attendu sa réaction. Une semaine, deux, trois. J'ai guetté, je me relevais la nuit pour vérifier si un message n'était pas tombé dans mes spams.

Puis, un matin de février, son message est arrivé.

Susie me remerciait. Elle se disait heureuse d'avoir attendu tout ce temps pour le lire, car elle se serait très certainement « émiettée, effritée », peut-être même aurait-elle implosé à la lecture du texte.

Elle habitait Londres et avait deux enfants maintenant, Arman et Liane.

Elle ne me donnait pas son adresse, ne précisait pas si elle vivait encore avec Milad, si elle avait des nouvelles de Niels.

En contemplant, ce matin encore, le mur peint inondé de soleil, dans la cuisine, j'ai repensé au mythe d'Hestia et Hermès.

Hestia, déesse du foyer, n'a pas tenu sa promesse. Elle a fait entrer le vent glacial dans notre maison. Inconsolables, nous cherchons à jamais un abri – un décor, un récit. Pour combien de temps ? Quelques semaines, deux ans, dix ans ? Nous ne savons qu'une chose : il nous faudra le quitter à nouveau. Il le faudra car notre temps est compté, et le monde est immense. Alors, nous forcerons la serrure, prendrons la porte, escaladerons les murs. Car nous partons toujours, où que nous soyons, endeuillés et vagabonds.

Nous sommes tous, peintres, écrivains, navigateurs ou bâtisseurs, amoureux ou solitaires, les enfants d'Hermès.

***

On compte environ un million de hikikomoris au Japon, et quelques dizaines de milliers en France. Apparu dans les années 1990 avec la crise économique, la pression sociale et le harcèlement, le mal touche aujourd'hui toute la planète, en particulier les jeunes garçons. Dans les cas extrêmes, reclus depuis vingt ou trente ans, ces hikikomoris vieillissants refusent toute visite de la famille et des amis, et meurent dans la plus grande solitude.

Le syndrome hikikomori est toujours, aux yeux des psychiatres, une énigme.

***

# REMERCIEMENTS

Merci à Marianne Faure-Desforges, peintre et illustratrice. Le jour où tu es venue peindre cette fresque, dans ma cuisine, j'ai su immédiatement qu'un roman était en route. Je te remercie de m'avoir « prêté » les codes pour que je puisse parler de littérature à travers la peinture.

Car je n'ai rien fait d'autre que cela.

Merci à Isabelle Malraye, ma première lectrice.

Merci à Lily Guillard d'avoir su si bien m'accompagner, « juste à côté »... c'est-à-dire sans rien imposer, mais en m'incitant – enfin je le pense – à donner le meilleur de moi. Merci pour ces longues heures au téléphone à parler « autour » du roman.

Merci à l'équipe des éditions Charleston. À sa tête Karine Bailly de Robien, que je remercie pour sa confiance, Danaé Tourrand, Alice Bercker, pour leur présence, leur vigilance et leurs remarques toujours pertinentes.

Merci à toutes les « femmes » de ma vie, amies, sœurs, cousines, filles, toutes celles qui me soutiennent dans mon activité d'écrivaine. Et qui se reconnaîtront.

Merci à Thomas pour ton soutien.

Et enfin, une pensée émue pour notre amie Véronique de Bourgies, tombée sous les balles des terroristes le 13 novembre 2015, que nous n'oublierons jamais.

# DE LA MÊME AUTRICE – BIBLIOGRAPHIE SÉLECTIVE

*Le Roman de Molly N.*, roman, Charleston, 2020

*Trois filles et leurs mères, Duras, Beauvoir, Colette*, biographie romancée, Charleston, 2018

*Manger dans ta main*, roman, Albin Michel, 2017 ; J'ai lu, 2021

*Simone de Beauvoir*, une jeune fille qui dérange, Marabulles, 2021

*Nous étions Résistantes*, éditions Alisio, 2020

*Entre sœurs, une question de féminité*, Albin Michel, 2008

**Participations à des œuvres collectives**

*Un couple, une ville*, Charleston, nouvelles « Les retrouvailles – Rome » et « Une nuit chez Raphaël – New York »

*Quand le chat n'est pas là*, Charleston, nouvelle « Gatsby the cat »

*Petits vices et gros défauts*, Charleston, nouvelle « Et enfin, pleurer… – l'orgueil »

**Littérature jeunesse**

*Triangle rouge, moi, Alice, résistante*, roman, Albin Michel jeunesse, 2022

*Tout ce que j'aimerais dire aux filles*, illustré par Barbara Brun, Albin Michel jeunesse, 2019

*J'aimerais te parler d'elles*, illustré par Pauline Duhamel, Albin Michel jeunesse, 2020

*Un yéti dans ma classe*, roman, illustré par Gwenaëlle Doumont, Talents hauts, 2017

*Cent histoires du soir*, Marabout, 2021, Audiolib, 2021

*Petites histoires pour devenir grand*, Albin Michel, 2003 ; Le livre de poche, 2009

*Petites histoires pour s'affirmer*, Albin Michel

Certifié PEFC
Ce produit est issu de forêts gérées durablement et de sources contrôlées.
PEFC™
10-31-3068
pefc-france.org

Cet ouvrage est composé de matériaux issus de forêts gérées durablement certifiées PEFC™.
Le Programme de reconnaissance des certifications forestières (PEFC™) est le plus grand organisme mondial indépendant de contrôle pour une gestion durable des forêts. Pour en savoir plus, consultez le site www.pefc-france.org

Achevé d'imprimer en décembre 2021
par CPI Bussière
À Saint-Amand-Montrond (18)
Dépôt légal : janvier 2022
N° d'impression : 2061088
*Imprimé en France*